政略妻は冷徹ドクターの溺愛に囚われる
～不協和結婚～

水守恵蓮

STARTS
スターツ出版株式会社

目次

政略妻は冷徹ドクターの溺愛に囚われる～不協和結婚～

特別書き下ろし番外編

政略妻は冷徹ドクターの溺愛に囚われる
～不協和結婚～

プロローグ　涙の初夜

那智は固く目を瞑り、まず視覚を閉ざした。

頭の中で、チャイコフスキーのピアノ協奏曲第一番を奏で、外界から入ってくる音も遮断する。

なにかが肌を這う感覚を〝無〟にするのは、骨が折れる。

しかし、壮大な協奏曲の旋律を追って、なんとか紛らわせようとした。

それでも不十分になると、明日、朝からやることの段取りを、一から順に思い巡らせる。

(日曜日だけど、明日からはのんびり朝寝坊もできない。早起きして、ふたり分の朝ご飯を作って……)

今日の午後、引っ越しをしたばかりだ。

リビングには、彼女の荷物である段ボール箱が数個、まだ手付かずのまま積んである。

明日の夕方までには、片付けてしまわないと。

月曜になって、一週間が始まったら、そんな時間もなくなる。

(それから、……それから)

明日やることを挙げ尽くしてしまっても、とにかく、心と身体をスパッと分断していられれば、意識を集中させるものはなんでもいい。

那智は、自分の身体から抜け出したいと、切に願っていた。

すべての五感から意識を背け続けるうちに、今の自分を客観的に捉えることができるようになった。

まるで、幽体離脱したみたいな気分だ。

とても、スピリチュアルな感覚。

固く閉じた目蓋の裏に、ベッドに横たわる自分の姿が浮かび上がった。

心は〝ここ〟にある。

だから、〝あれ〟はただの抜け殻。

そう思えば、自分の意思と関係なく身体が戦慄(せんりつ)するのを、奥歯が鳴るほど噛みしめて耐えていても、リモートした心に傷はつかない。

自尊心は、手放さずに済む。

今――。

男が組み敷いているのは、赤城那智という名前を持つ身体だけだ。

（あれは〝私〟じゃない。私じゃない……）

しかし、強く念じたのが仇となる。

他人を見るような目で自分を見ていられたはずが、心が揺れ、同調に傾き出した。

頭の中で演奏されていた、壮大で流麗なヴァイオリンの旋律の合間に、男が「那智」と呼ぶ声が割って入る。

「っ……」

一瞬にして聴覚が蘇り、他の余計な音まで流れ込んできた。

美しい音色に耳障りなノイズが走り、不快な不協和音に耳が犯される。

連鎖反応で、触覚までもが呼び戻された。

彼女の脇腹を下りていく骨ばった指が、なんの躊躇もなく内股に滑り……。

「っ……あ、っ……！」

那智は、思わず声を漏らした。

条件反射で背を仰け反らせる彼女に、男は満足気にほくそ笑む。

「よかった。結構いろいろしてるのにまるで無反応だから、俺の技術不足か、お前が不感症なのか、どちらだろうと心配していた」

薄い男らしい唇を挑発的に歪ませたかと思うと、たった今自分で見つけ出した部分に、容赦なく長い中指を沈ませた。

「や、ううっ……！」

ビクンと身を震わせてあげた短い叫びは、男の唇にあっけなく封じ込まれる。

生き物のように動く舌が、口内を蹂躙（じゅうりん）する。

那智は、くぐもった声を漏らした。

せめてもの抵抗に、生理的な涙が滲（にじ）む目を見開き、男を睨みつける。

（この人が、こんなキスするなんて……）

冷静沈着で、動じる姿を見たこともなければ、想像もできない。口数は少なく、いつも物静かで、人を寄せつけないクールな男が、今、激しく熱く、自分の唇を貪っている。

那智の茶色くカラーリングしたふわりとした前髪を、サラリとまっすぐ額に落ちる、彼のこげ茶色の前髪が掠（かす）める。

その向こうの涼やかな一重目蓋、切れ長の目。

柔らかく目尻を下げ、〝微笑む〟ことなどあるのだろうか。

鼻筋が通っていて、高く形のいい鼻梁。顔のすべてのパーツのバランスがよく、整った顔立ちのイケメンなのに、残念なほど表情は乏しい。

顔面神経を無駄にしているとしか思えない、涼し気な無表情が彼の常。

最近那智が見た変化らしい変化といえば、皮肉交じりの冷笑だけ。

今も、薄く目蓋を開いて――。

「……ふっ」

目が合った途端、彼女の精いっぱいの抵抗を、鼻で笑う。

「キスの最中で、俺を睨んでいられるとは、なかなか余裕だな」

ほんの少しも、呼吸を乱す様子はない。

耳馴染みのいい少々低いトーンの声は、意地悪なことを言っているのに、なぜか甘く鼓膜に響く。

「ああ……それとも、そんな浅いところじゃ感じないって、文句を言いたい？」

際どい挑発と同時に、その中指で敏感なところをグリッと抉（えぐ）られ、

「っ、あ、んっ……！」

那智は不覚にも甲高い声で喘ぎ、身体を戦慄（わなな）かせてしまった。

「そろそろ、いい……か」

男は、スッと指を抜いた。

わざと唾液の糸を引かせながら舌を引っ込め、ベッドを軋(きし)ませて背を起こす。

那智は、形のいい胸を荒い呼吸で上下させ、涙の膜で曇った視界で、一糸纏(まと)わぬ男を見上げた。

普段のスレンダーな白衣姿からは想像もつかない、引き締まった厚い胸板。

ほどよく割れた腹筋。

滑らかな肌はしっとり汗ばんでいて、ルームライトに照らされて陰影を作り、艶めかしく浮かび上がる。

那智はぼんやりと目線を下げていき、無意識にひくりと喉を鳴らした。

彼女の華奢な身体を跨(また)いで膝立ちになった男は、薄い唇に避妊具の袋を咥(くわ)えた。

ピッと小さな音を立てて破る様を見て、那智は総毛立つ。

「い、や……。嫌、蓮見(はすみ)先生、お願い、それだけは……‼」

身を捩(よじ)って縮こまりながら、涙交じりの絶叫で懇願すると、〝蓮見先生〟と呼ばれた男は、その声量に怯むように、一瞬ピタリと手を止めた。

しかし、すぐにグッと眉根を寄せる。

「……なにが、嫌だ」

顎を引き、威圧感を漂わせて、彼女に目を落とした。

「お前は今日から俺の妻。初夜を拒むとは、どういう無礼だ」

彼の主張は正しくごもっともだけど、那智はひたすら首を横に振って拒む。

「ごめんなさい……でも、先生、私に……」

「お前の心が誰にあろうが、妻になったからには、夫婦生活にも付き合ってもらう。当然の要求だ」

容赦ない宣告――。

ここまで我慢していた嗚咽が込み上げ、堰を切り、ひくっとしゃくり上げた。

彼女の大きく円らな目に一気に涙が溢れ返り、その粒がぽってりした下目蓋を越えて、次々とこめかみに流れていく。

両手で顔を覆い、子供のように泣きじゃくる彼女に、彼はわずかに奥歯を噛んだ。

涙声で乞われて止めたまま、動かせずにいる己の手をジッと見つめる。

彼女の泣き声が響く中、深く長い息を吐き――。

「……萎えた。泣かれては、興醒めだ」

素っ気なく言い捨て、再びベッドを軋ませた。

肌で感じていた圧迫感が和らぎ、那智は顔からそっと両手を離した。

彼はベッドから降りて、床に落ちたバスローブを拾い、背中に羽織ったところだった。

腰でローブの紐を締め、しどけない姿で戦慄く那智を肩越しに一瞥して、無言で溜め息をつく。

背を屈め、無造作に散らばっていたシャツを摘まみ上げると、彼女の身体にバサッと乱暴に放った。

「明日はやめない。一晩待ってやるから、俺を受け入れる覚悟をしておけ」

今日、ほんの数時間前に新婚生活を始めた〝夫〟から向けられる、心ない一言——。

「っ……蓮見、先生っ……」

顔を覆ったシャツをずらし、寝室のドアに向かう背中を目で追う。

「お前も、もう蓮見だろう。いつまで夫を名字で、先生と呼ぶつもりだ」

彼はそれだけ言い捨てると、一度も振り返らずに寝室を出て、後ろ手でドアを閉めた。

（最後の一線を越えずに、解放してもらえた……）

ひとりでベッドに残され、強く安堵すると共に、那智の身体は小刻みに震え出す。

「っ……ふ……」

シャツで身を包み、小さく小さく縮こまった。

『お前は今日から俺の妻。初夜を拒むとは、どういう無礼だ』

彼の言う通りなのは、重々承知している。

那智は、都内でも有数の大病院、赤城総合病院院長のひとり娘だ。

病院が誇る若き天才麻酔科医、五歳年上の蓮見暁(あきら)と、この週末に入籍したばかり。

二十九歳の誕生日を迎えた今日、新居への引っ越しを済ませ、新婚生活を開始した。

そして、今夜は、結婚初夜——。

本来、妻になった自分が、彼との行為を拒める道理はなかった。

結婚は悪夢のようでも、逃れようのない現実には違いない。

しかし、土壇場で、愛していない男に抱かれることを本能が拒否した。

その理由は、自分自身が一番よくわかっている。

「……聡志(さとし)」

那智は、ほんの一カ月前に別れた恋人の名を呟いた。

柏崎(かしわざき)聡志。

彼もまた、赤城総合病院に勤務する、三十一歳の心臓外科医だ。

那智は、医療事務員として入職して三年目の頃、まだ研修医だった彼と付き合い始めた。

小さな喧嘩は数えきれないくらいしたけれど、交際は総じて順調。

ゆっくり愛を育む中、聡志は研修医課程を終え、心臓外科医として立派に独り立ちした。

そして交際四年目、二十代最後の年を迎える目前でプロポーズされ、互いの両親に報告する約束もしていた。

なのに――。

（どうして。どうして……）

那智は、彼から別れを告げられた。

あまりに唐突で一方的で、正式な婚約を間近にして、なぜ破局に至ったのか、今になってもわからない。

茫然自失して、失意のどん底にいた那智に、まるで追い打ちをかけるように、父は他の男との結婚を命じた。

それが、暁だった。

『蓮見君はまだ三十四歳の若さで、海外経験も豊富。院長として、私の後を任せる医師として申し分ない。もちろん、父親としても、安心して娘を預けられる』

病院でも顔を合わせる機会は少なく、たまに会っても、挨拶を交わす程度だった彼と、病院のためでしかない政略結婚――。

この一カ月ほどの間で、身に降りかかった出来事は、どれも嵐のように突然訪れ、心も思考回路も滅茶苦茶に荒らすばかりだった。

今、自分がどんな現実に直面しているのか、那智の理解は追いつかない。

だからこそ――。

〝夫婦〟になっただけで愛のない夫と、どう接したらいいのか。

彼もまた、どういうつもりでいるのか測れないまま、身体だけ開くなど、那智はどうしてもできなかった。

別れ、一転政略結婚

　時を遡ること、一カ月と少し前。

　暦の上ではとっくに秋を迎えたものの、まだまだ残暑厳しい九月初旬、週末の土曜日。

　二週間ぶりに休暇が合い、那智は午後一番で、聡志のマンションを訪ねた。

　本当は、久しぶりにふたりで外出したかったけれど、彼の方は夜勤明けの公休。

　仕方なく、お家デートをゆっくり楽しむつもりだった。

　しかし、聡志は終始心ここにあらずといった感じで、上の空。

　那智がキッチンに立ち、夕食を作る間も、リビングのソファに座って医学書を開き、真剣な目で文字を追っていた。

　食事中までテーブルの隅に本を置き、時折なにか瞑想するように目を閉じる様に、那智はちょっと呆れ顔で溜め息をついた。

（いつもなら、ほったらかさないで！って、拗ねてやりたいところだけど）

　今日ばかりは、文句をのみ込む。

というのも、週明け、彼が大事なオペを控えていることを知っていたからだ。

現役を退いた元大物政治家が、院長である父の執刀で、心臓手術を受けることになった。

聡志は自ら父に志願して、その第一助手を任せてもらえたのだ。

今、彼の頭の中は、そのオペでいっぱいだ。

脳裏には、オペの段取りが映像のように再生されているのだろう。

口だけモグモグと動かし、目は閉じたまま。

時々、無意識といった様子で手が動くのは、恐らく、頭の中の手技(しゅぎ)をさらっているから。

向かい合って食事をする那智は、苦笑するしかない。

(今夜は泊まっていきたかったけど……それどころじゃなさそうかな)

食事を終えて、彼がシャワーを浴びている間に、使った食器を片付け、帰り支度を整えていると。

「あれ。那智、もう帰っちゃう?」

シャワーを終え、やや癖のある柔らかい髪をタオルドライしながら戻ってきた聡志が、リビングのドア口で足を止めた。

那智は「うん」と頷いてから、ゆっくり立ち上がる。

「聡志、私よりも、週明けのオペで頭がいっぱいみたいだし」

久しぶりのデートだったのに、今日一日、半分以上放置された仕返しに、ちょっぴり嫌みを交える。

聡志はグッと言葉に詰まって、タオルで髪を拭く手を止めた。

「あ～……ごめん」

本当に申し訳なさそうに、眉をハの字に下げて弱った顔をする彼に、那智はクスッと笑う。

「今日は仕方がないから、許す」

残念、という気持ちは隠し、悪戯っぽく目を細めて微笑んで見せる。

「でも、無事オペが済んだら、ゆっくり埋め合わせして。期待してるから」

聡志は、一瞬虚を衝かれた様子で瞬きをした。

けれど、すぐに気を取り直し、

「ああ。ごめんな。サンキュ」

はにかむような笑みを浮かべた。

「絶対。那智の行きたいとこ、どこにでも連れて行くし、食べたい物もなんだって」

力んで熱弁する彼と、宙で視線が絡む。

今日は帰ることで合意した後なのに、どうにも名残惜しく、互いに艶っぽい目で見つめ合う。

（このままじゃ、帰りたくなくなっちゃう……）

那智は後ろ髪を引かれる思いを断ち切るために、『それじゃ』と切り上げようとした。

ところが、それよりわずかに早く、

「那智。あのさ」

聡志が、先に呼びかけてきた。

「……？　はい」

やや改まった声色、なにか緊張が走るぎこちない表情を前に、彼女の背筋も自然に伸びる。

「本当は、オペが無事に終わってから、と思ってたんだけど」

「？　うん？」

微妙に目線を外す彼がどこか不審で、那智は訝（いぶか）しい思いで首を傾（かし）げた。

彼女の探る視線を浴びて、聡志は肩を動かして大きく深呼吸をして……。

「結婚、しよう」

喉に引っかかったみたいな声で、そう言った。

「……え？」

那智が無意識に聞き返したのは、聞き取りづらかったせいではない。

彼の言葉はまったくの予想外ではなかったものの、実際言われてみると瞬時に信じられず、もう一度言ってもらって、耳の鼓膜に刻みつけたかったからだ。

だけど聡志の方は、聞き返されるとは思っていなかったようだ。

頬をカッと赤く染めると、

「聞こえたくせに……。聞き返すなよ」

猛烈な照れの極致といった感じで、プイとそっぽを向いてしまった。

『いいじゃない、もう一度くらい！』と食い下がりたい気持ちではあったけれど、彼の耳が燃えるように真っ赤なのを見ると、きゅんとしてしまう。

那智は自分まで緊張しているのを自覚して、騒ぎ出す胸に手を当てた。

いつの頃からか、聡志がそう言ってくれる日が来るのを待っていた。

彼が研修医課程を終えて、一人前の心臓外科医になったら。

いや、今はしっかり経験を積んで、医師としてもっと腕を磨いてから……？

彼の心を探りながら、いつかいつかと、待ち詫びていた。

だから、プロポーズへの返事は、もうずっと前から決まっている。

「え、っと。俺さ、オペ、しっかりやり遂げたら、院長に挨拶する。那智を俺にくださいって……」

「はい。……よろしくお願いします」

どこかしどろもどろになって、態勢を立て直そうとする彼を遮り、そう答えた。

彼女を見下ろしていた聡志が、大きく目を瞠る。

その喉元で、喉仏を一度上下させると——。

「やっ……たああ！」

破顔して、まるで子供のように、歓喜の声をあげた。

勢い余った様子で、いきなりギュッと抱きしめてくる。

「ひゃっ、聡志！」

さっきから那智も、このまま帰るのを名残惜しく思っていたから、ただそれだけのことで、胸が弾んでしまう。

「あ、ごめん。嬉しくて、つい」

聡志は慌てたようにパッと両手を放し、一歩後ずさりした。

四年も付き合った大人の恋人同士なのに、やけにくすぐったい。

ふたりは一度目線を交わし合い、初々しく目を逸らして俯いた。

甘酸っぱい微妙な沈黙が流れ、那智の鼓動が限界を超えて高鳴った時。

「那智。とにかく俺、全力で頑張るから」

聡志がシャキッと背筋を伸ばして、決意表明をした。

力強い声に導かれて顔を上げた彼女に、晴れやかな笑顔を向ける。

「院長にも胸張って、那智を嫁さんにもらいたいって申し込めるように」

強い決意で、輝く瞳。

「……はい」

胸に熱いものが込み上げてきて、鼻の奥の方がツンとする。

溢れ返りそうな想いを必死にのみ込み、返事をした。

心臓外科医として、日々様々な経験を積んで成長していく聡志は、逞しく頼もしい。

そんな恋人が、常日頃から誇りだった。

(喧嘩しても、嫌いだと思ったことは一度もない。ずっと好き。どんな時でも好き)

だけど、今この瞬間の彼の表情が……那智は、四年間見た中で、一番愛おしいと思った。

週明けに行われたオペは、予定時間を大幅に過ぎたものの、無事成功したと聞いた。引退したとはいえ、かつての大物政治家のオペだったから、それから数日、関係者やマスコミが取材に押しかけ、病院全体が少し慌ただしかった。

オペ後、ICUで集中治療を受けていた患者は、予定通り一般病棟に移った。

そうして迎えた金曜日。

那智は六日ぶりに、聡志と会うことができた。

父に自分との結婚を申し込んでくれる。その話が出ると信じて、疑いもしなかった。

ところが――。

「ごめん、那智。……俺と、別れてくれないか」

顔を合わせた途端、聡志が強張った表情で口にしたのは、予想だにしない別れの言葉だった。

「……え？」

那智は耳を疑って、聞き返した。

声が喉に引っかかり、自分でも聞き取りにくいほどだった。

しかし、呆然として瞬きを忘れる彼女を見れば、自身の言葉は届いているとわかったのだろう。

聡志はかぶりを振って、「ごめん」と重ねる。

「俺が未熟だから……俺じゃ、那智の夫にはなれないんだ」

それじゃ、唐突な別れの理由にならない。

もっとその先が聞きたいのに、聡志は面を伏せ、謝罪を繰り返すだけ。

「どうして。なんで……？」

焦燥感に駆られ、那智は彼の顔を覗き込んだ。

そして、言葉をのむ。

聡志は、声を殺して泣いていた。

ただ静かに、はらはらと涙を零す彼に、那智は声を失った。

突然別れを告げられ、意味がわからず、泣きたいのは自分の方だ。説明を求め、我を忘れて縋りつき、力いっぱい揺さぶりたいほど、心は荒れ狂っている。

なのに、彼もまたなにかに打ちひしがれているのを知り、問い詰めることもできなかった。

『どうして』と疑問をぶつけるのが、とても罪深く残酷な仕打ちのような気がして。

ただ、彼と同じように、声を殺して涙を流し――。

「わかった」と、一言。

それだけ伝えるのが、精いっぱいだった。

【仕事が終わったら院長室に来なさい】という、父からのメールに気付いたのは、その翌日、土曜出勤の午後のこと。

那智は、医事課の診療請求グループに所属している。

その日も、外来の総合受付の裏手にあるオフィスで、朝から機械的に、診療報酬請求事務……レセプトをこなしていた。

正直なところ、ミスがあってもおかしくないほど、身が入っていなかった。

ようやく手元が片付き、院内メールをなにげなく確認して、父からの呼び出しに気付いた。

一瞬にして、朝からそぞろだった意識が、身体に戻ってくる。

『仕事が終わったら』――。

赤城総合病院では、土曜日は午前中のみの診療体制だ。

医療事務員の那智の勤務時間は、午後一時まで。

きっと父は、それから三十分もすれば来るものと、呼び出したに違いない。

来室を催促する連絡は入っていないものの、パソコンの右下端にデジタル表示された時刻は、〝14：00〟。

「っ……」

那智は、弾かれたように立ち上がった。

相手は父とはいえ、職場である病院で、院長は〝企業のトップ〟と同じだ。

家ではなく、ここで呼び出すからには、仕事に関係する話だろう。

医事課を飛び出したままの、制服姿。

でも、身だしなみだけは確認していこうと、那智は職員化粧室に駆け込み、鏡を覗き込んだ。

昨夜、聡志と別れた後、散々泣いたせいで、この時間になっても顔がむくんでいた。

もともと色白なのに、朝、適当にメイクをしたのが仇となり、自分でも生気がないと思うほど血色が悪い。

那智は小さな吐息を漏らし、ほとんど惰性で、バッグから化粧ポーチを取り出した。

普段ならチャームポイントと言える大きく円らな目は、腫れぼったいせいで重苦しい。

メイクではどうにも誤魔化せないから、頬に明るいチークを差すだけで諦めた。

高くはないものの、形は悪くない鼻。小さく品のいい唇。

派手さはないが、上手くメイクを施せば、そこそこ整った顔立ちに見える。

仕事中は後ろでひとつに纏めている髪を解くと、茶色い髪の毛先は肩甲骨あたりまで落ちる。

もともと癖の少ない素直な髪質だ。

緩く束ねておけば、ほとんど結び跡はつかない。

最後に全身を確認して、那智は化粧室を出た。

外来棟の三階に、病院の経営の中枢、院長室がある。

階段を駆け上って、やや上がった息を抑え、那智は院長室の前に立った。

一度ゴクッと唾を飲み、思い切って二度ノックをする。

すぐに中から「どうぞ」と応答があった。

「院長、那智です。遅くなってすみません」

謝罪しながらドアを開けると、父は真正面にある立派な執務机にいた。

「ああ、待ってたよ、那智」

そう言いながら電話の受話器を持ち上げ、どこかにワンプッシュで電話をかける。

なにかコソッと言って、すぐに受話器を戻して立ち上がった。

「那智、こちらに」

ドア口に突っ立ったままの彼女に目を遣って促し、自分も机の前の応接セットに移動する。

「はい」

那智は軽く目礼して、父の対面に回った。

ほとんど同時にソファに腰を下ろすと、父が前屈みになって、グッと身を乗り出してくる。

「早速だが、話を始めていいか？」

「は、はい」

なにか、いつもと違う目力を感じて、那智は怯みながら頷いた。

父は、彼女の返事を待って……。

「私はかねがね、お前には優秀な医師を婿に取らせ、夫となる医師に、この病院の次期院長になってほしいと思っていた」

足の上に肘をのせ、両手の指を組み合わせて、その向こうからジッと見据えてくる。

那智は、一瞬ギクリとして、無言で唇を噛みしめた。

改まって言われなくても、父がそう望んでいることくらい、わかりきっていた。

もちろん、聡志が医師だから付き合っていたわけではないけれど、結婚を報告すれば、父も喜び安心してくれるだろうと思っていた。

（なのに……）

まさに昨夜、聡志から別れを告げられてしまった……。

那智はなにも答えられず、目を伏せる。

「それで……」

父が先を続けようとした時、ドアをノックする音がした。

反射的にドアの方を向いた彼女の前で、父は「どうぞ」と応じる。

「え？」

微妙な話の途中で、他人の入室を許可する父に、那智は目を丸くした。

「失礼します」

挨拶と同時に、ドアが開く。

父が立ち上がって迎えたのは、スクラブの上に白衣を着たひとりの男性医師だった。

この病院が誇る若き天才麻酔科医、蓮見暁だ。

「蓮見……先生？」

戸惑う彼女を、暁はちらりと一瞥した。

黙礼され、那智も小さく頭を下げる。

「蓮見君、こちらに」

父が、自分の隣に彼を招いた。

暁の方は、この場に那智がいても意に介する様子もなく、颯爽と歩いてきて父の隣に腰を下ろす。

那智は当惑を隠せず、上目遣いに彼を探った。

それに気付いたのか、彼もふっと目を上げ、意図せず視線がぶつかってしまう。

「あの……」

那智はぎこちなく逸らした目を、説明を求めて父に向けた。

「蓮見君はまだ三十四歳の若さで、海外経験も豊富。院長として、私の後を任せる医師として申し分ない。もちろん、父親としても、安心して娘を預けられる」

「預けられるって……」

言わんとするところを察して、那智は大きく息をのんだ。

喉の奥でひゅっと音が鳴る。

「蓮見君が、お前に結婚を申し込んでくれたんだよ。な？」

父が隣の暁に顔を向け、同意を求める。

「ええ」

彼は涼しい顔で腰を上げると、

「院長も認めてくださいました。よろしく、那智さん」

テーブルを回り込んで来て、彼女の傍らに立った。

那智は呆然として、紳士的に手を差し伸べる彼を見上げた。

「……どうして？」

暁は、質問が理解できないという様子で、眉をひそめる。

「私と先生、お互いのことなにも知らないのに。どうして、結婚なんて……」

「那智」

父から叱責するように呼ばれて、那智は口を噤んだ。

それでも彼に返事を求めて、機械的に立ち上がる。

暁に目の焦点を合わせるが、彼は薄い唇を引き結んで黙ったまま。

「……結婚してから、知り合えばいい」

わずかな間の後、表情を動かすことなく、それだけ言った。

「そんな……」

今、自分がどんな状況下にあるか、那智の理解は追いつかないのに、心臓ばかりが
ドクドクと騒ぎ立てている。

与えてもらえない答えを探して、先ほどの父の言葉が胸に引っかかった。

院長として、自分の後を任せる医師――。

つまり、暁の目的はそれだ。

那智との結婚を申し込んだのも、父がそれを条件にしたかなにかで、丸ごと引き受けただけだろう。

父と暁の利害が一致しただけ。なんとも時代錯誤な政略結婚――。

那智は、そう理解した。

（なんで私が、蓮見先生の野心のために……）

昨日までなら、憤慨して断固抗議したはずだ。

しかし、聡志と破局したばかりの彼女には、そんな気概もなかった。

握手を求めて、根気強く差し出されたままの、筋張った大きな手に目を落とす。

なんとなくつられて、ほとんど無意識に動かした手を、勝手に彼に取られた。

「よろしく、那智さん」

「………」

心ならずも、承諾の握手を交わした形になったが、那智は彼と同じ言葉を返せなかった。

まだ、秋というにはほど遠い、蒸し暑い気候が続く中なのに、包み込む大きな手は、どこか冷たい。

那智はただぼんやりと、彼の手を眺める。

（この手に、温もりを感じる日は来るのかな……）

目を伏せて、それだけを考えていた。

話が終わると、那智が先に席を立った。

その後に続いて暁が院長室を出ると、彼女は彼に背を向けたまま、肩を動かして息を吐いた。

一息ついた、といった感じだが、そんな動作がそぐわないほど、那智は途中から上の空だった。

院長から理不尽な結婚を命令されたというのに、彼女が反論したのは、相手がよく知らない医師ということに対してだけ。

結婚そのものに抵抗は示さなかったのを、不可解に思い……。

「那智さん」

暁は、那智の横を通り過ぎながら、呼びかけた。

「……はい」

やはり、返事は一拍……いや、たっぷり二拍分の間が空いた。

「少し、話そうか。この後、ご予定は？」

彼女が一歩後からついて来るのを確認して、問いかける。

「いえ……特には」

返ってきたのは、ふわふわと力のない声。

いつも外来の医事課にいる那智と、オペ室周りが聖域の彼が、院内で顔を合わせる機会は少ない。

それでも、たまに見かける時、彼女はいつも明るくハキハキと話していた。

育ちがよく、品があるのはもちろん、頭がいい女、というのが、彼女に対する印象だった。

しかし、今の那智は、魂を抜かれたみたいに覇気がない。

暁の脳裏に、今週毎日院長室で行われた〝極秘会議〟の光景がよぎった。

『お嬢さんを……那智さんを、私の妻に娶(めと)らせてください』

彼の申し出に愕然として凍りつき、顔を蒼白にさせた心臓外科医、柏崎――。

あの時の彼の、死んだ魚のような、虚ろな目。

那智は今、同じ目をしている。

「…………」

暁は顎を撫で、わずかの間逡巡して、足を止めた。

「俺と結婚するのは、嫌？」

白衣のポケットに両手を突っ込んで訊ねる。

彼女も、つられたように立ち止まった。

いつの間にか、二歩分の間隔が空いていた。

「……え？」

彼の声は、右から左に抜けていたようだ。

那智が、当惑した顔で、瞬きを繰り返す。

やっと、彼女の表情が動いた。

身体に心が戻ってきた、そんな感じだ。

「俺が旦那じゃ、不服？」

暁が言葉を変えて質問を重ねると、那智は身体の脇で握りしめた手を、カタカタと震わせる。

「いえ……そんなことは」

「それでも、『よろしくお願いします』とは言えない？」

　クルッと方向転換して、彼女の前まで戻って足を止める。

　那智は、目の前に立つ長身の彼に怯むように、ハッと息をのんだ。

　しかし、すぐに目を伏せ、

「……蓮見先生が、わかりません。結婚してから知り合えばいいなんて、本気で言ってるんですか」

　やるせないといった感じで顔を歪め、逆に訊ねてくる。

　暁は、くっと眉根を寄せた。

　そして。

「知るまで待ってちゃ、遅い」

「え？」

　素っ気なく返す彼に、那智は怪訝そうに首を傾げた。

　けれど、気を取り直した様子で、唇を尖らせる。

「仰ることが、より一層わかりません。結婚してから知るんじゃ、遅いこともあります。考え方とか価値観とか……」

　言っているうちに、ムキになっていくようだ。

彼女が、また別の表情を見せた。

感情を取り戻したのを確認すると、暁は腕組みをして胸を反らした。

「なにか、俺と結婚できない理由でもあるのか？」

ズバリ、核心をついた質問を挟むと、那智は言葉に詰まる。

「例えば……院長がご存知ないだけで、結婚を考えている恋人がいる、とか」

「っ……」

口ごもり、黙って俯く。

返事がなくとも、その反応で十分だ。

相手が誰かまで、言わせる必要はない。

「酷なようだが、別れてくれ。今日から一週間猶予をやる」

伏せた長い睫毛（まつげ）が小刻みに揺れるのを見て、暁は浅い息を吐いた。

「その代わり、心では誰を想ってくれても構わない。俺を好きになれとは言わない」

「えっ……？」

那智は、言われた意味がわからない、といった顔つきで彼を見上げる。

「夫そっちのけで、陰でコソコソ逢引されては、世間体が悪いんでね。浮気も不倫も許さないが、当面の間……心に秘めるくらいは目を瞑（つぶ）る」

傲慢ではあれど、彼にとってはせめてもの〝譲歩〟のつもりだった。

しかし、彼女はますます困惑顔をするだけで……。

「やっぱり、愛情不要の政略結婚ってこと……」

ほとんど唇を動かさずに、ボソッと独り言ちる。

「なに？」

聞き返した彼に、無言でかぶりを振ったのは、あえて聞かせるつもりもなかったからだろう。

「心配無用です。……彼とは、つい昨日別れました」

大きく息を吸って、気持ちを切り替えるように、そう言った。

「え？　別れた？」

「……蓮見先生、ものすごく残酷なことを言っていると、自覚はないんですか」

先ほどまでの、生気のない声とは違う。

一本芯の通った声で、皮肉交じりに言い捨てる。

「あなたと結婚したら、もう彼と結ばれることはない。想いを断ち切れない方が、辛いのに」

今度は、暁の方が口を噤んだ。

那智が、ゆっくりと目を上げる。

「蓮見先生とは、最初から不協和音しかしませんね。でも、寛大なお言葉、ありがとうございます」

抑揚のない口調で、明らかに本心ではない謝辞を口にして、深々と頭を下げた。

彼女の返しは、想定外だった。

暁は返事に窮し、目を瞠った。

那智が、ゆっくり背を起こす。

一瞬、宙で視線が交わった。

それでも、お互いなにも言わず……。

彼女が目礼して、彼の横をスッと通り過ぎた。

院長室を出るまでは夢遊病者のようだった那智が、パンプスの踵(かかと)を鳴らして廊下を歩いていく。

遠退(とおの)く足音を追って、暁は振り返った。

反射的に床を蹴って走り出し、角を折れて階段の踊り場に出た。

しかし、そこに彼女の姿はもうなく……。

「残酷、か」

那智から向けられた言葉を、反芻する。

自分の耳にもぼんやりと届いた声を拭い去ろうとして、唇に手の甲を押し当てる。

(最初から、不協和音しかしない結婚……。他の男に心を囚われている彼女に、俺との結婚を承諾させるには、そう言うしかないだろうが)

暁は心の中で舌打ちして、奥歯をギリッと噛みしめた。

視線を横に流し、眉根に皺を刻む。

「……那智」

無意識に名を口にすると同時に、なにか胸にせり上がってくるものを感じ――。

「っ……」

右腕を振り上げた。

廊下の壁に、力いっぱい打ちつける。

誰もいない廊下に、ダンッ！と鈍い音が響き、木霊した。

目蓋に力を込めて目を瞑ると、網膜に刻みついている光景が、まざまざと脳裏に蘇ってくる――。

その週の初め、厳戒態勢が敷かれる中、元大物政治家の冠動脈バイパス手術が行われた。

赤城総合病院にとって、最高クラスのＶＩＰ患者だ。

執刀医はもちろん、心臓外科学会の理事も務める名医・院長だ。

麻酔科医に指名されたのは暁。

第一助手は、自ら志願したという、柏崎だった。

彼は、外科医になって二年。経験は十分ではないが、メス捌きは繊細で、丁寧なオペをすると評判だ。

院長も彼に期待しているから、この大事なオペに抜擢したのだろう。

最強の布陣を敷き、万全を期して臨んだオペ。

術前モニタリングも念入りに行われ、何度もカンファレンスを重ねた。

結果、八十二歳という高齢患者の体力を考慮し、人工心肺を使用せず、よりリスクの低いオフポンプ術が採用された。

冠動脈は、心臓の表面を走行している。そのため、心臓を止めなくても、バイパスを吻合することは十分可能だ。

心臓外科で最も症例数の多いこのオペは、現在、オフポンプ術が主流となっているが、心臓拍動下でのオペのため、術者の技術が問われる。

ポピュラーとはいえ、医療者にとっては決して簡単ではない。

青いスクラブにキャップ、マスク姿でオペ室に入った暁が見た柏崎は、強張った顔で、そわそわしていた。

経験が浅いといっても、このオペなら場数を踏んでいるはず。

恐らく、大事な手術だからと気負いすぎているのだろう。

『橋田（はしだ）さん、麻酔を開始します』

麻酔導入の準備が整い、暁が患者に声をかける。

それを合図に、麻酔科の助手が、点滴のルートから注射器で麻酔薬を注入し始めた。

暁は患者の頭側に立ち、鼻と口をマスクで覆って吸入麻酔を施す。

『大きく深呼吸してください。すぐに眠くなります』

深呼吸を促しながら、脳波を示すＢＩＳモニターに意識を向けた。

全身麻酔への緊張からか、患者の眼球は忙（せわ）しなく動いている。

患者が目を開けている間、モニター上では振れ幅が小さく細かいβ（ベータ）派が見られるが、麻酔が効いて深い睡眠状態に入ると、幅の広いθ（シータ）波やα（アルファ）波が主体となる。

波形に変化が表れるまで、ほんのわずか——。

『蓮見先生。ＢＩＳ値、五十です』

助手が、脳波が手術麻酔のレベルまで落ちたことを告げる。

暁は、無言で頷いて返した。

睫毛反射が消失、自発呼吸が減弱したのを確認して、素早く気管挿管に入る。

『柏崎、平常心でいろ。下手な気負いはミスを招く』

気管内チューブを挿入しながら、低い声で注意すると、青い顔をしていた柏崎が、ハッとしたように顔を上げた。

『っ、はい。ありがとうございます』

彼が気を持ち直すのとほぼ同時に、執刀医である院長が入室して、オペが始まった。

麻酔導入から執刀、開胸に至るまで、総じて順調に進んでいた。

しかし――。

『……ん？』

開胸して二十分。

術者ふたりがオペを進める傍ら、モニターで患者の全身状態を監視していた暁は、ふと眉根を寄せた。

開始時から一定に保たれていた血圧が、低下したからだ。

それに伴う頻脈（ひんみゃく）も窺える。

『おかしいな。フェニレフリン、0・1追加してみろ』

助手に、昇圧剤の増量を命じる。

『はい』という返事の後、血圧上昇を認めた。

だが、それも束の間。

またすぐに低下し始める。

『柏崎君、そこ、クランプして』

『はい。鉗子ください』

血流を遮断する措置を取るふたりの雰囲気は至極和やかで、柏崎の口調からも異変は窺えない。

しかし、

『院長』

暁はモニターから目を離さずに、声を挟んだ。

『なんだ?』

『血圧低下。頻脈確認。心筋虚血の兆候です』

『え?』

『どこか、不測の出血があるはず。早く、確認をっ……!』

心臓から血液が失われつつあることに、術者が気付いていない。
暁の声は、鋭くやや怒声のように響いた。
気味が悪いほどゆっくり、しかし確実に低下し続ける血圧表示。
一瞬、背筋にゾワッと寒気が走った。
『蓮見先生、ドパミンを使ってみては？』
助手も、彼と同じ思考に至ったのか、切迫した声を挟む。
『いや、ダメだ。一時凌ぎにしかならない』
ふたりが出血部位を確認する間も、待っていられない。
輸液での調整を諦め、より即効性の高い、酸素マスクからの吸入麻酔を試みようと、
暁は椅子から腰を浮かせた。
と同時に、
『い、院長！　こちらに出血、確認しました！』
柏崎が、やや上擦った声をあげた。
『なにっ……！』
一瞬にして、オペ室は緊迫した空気に包まれた。
『すみません！　多分、私が……』

柏崎の手がカタカタと震えるのを、視界の端で見留(みと)める。
暁は吸入麻酔を助手に任せ、しっかりと立ち上がった。
柏崎の横に並び、術野(じゅつや)に目を凝らす。
彼の手の下で、ジワジワと血液が滲出(しんしゅつ)していた。
血管を剥離する際、誤って傷つけたのだろう。
それがどんな微細な血管であっても、心臓拍動下、想定以上の出血は命取りだ。
『し、止血します！』
顔面を蒼白にした柏崎を阻むように、オペ室にけたたましいアラームが鳴り響いた。
彼が、一瞬、ビクンと肩を震わせる。
患者の心筋はすでに虚血が進んでいて、細胞壊死は不可逆的。輸血は無意味だ。
止血の措置を取る間、麻酔でコントロールするだけでは、患者の心臓がもたない――。
『院長。オフポンプは、限界です！』
完全に怒声で進言した暁に、院長も厳しい顔で呼応した。
『これより、体外循環に切り替える。柏崎君は止血を続けろ』
ひとり立ち尽くし、額に大量の汗を滲ませて止血を続ける柏崎以外のスタッフが、きびきびと人工心肺装置への切り替えの準備をする。

暁は、モニターの前の椅子に戻った。

すべての準備が整い——。

『院長。切り替え、ＯＫです』

彼のＧＯサインと同時に、患者の心拍が停止し、人工心肺装置が作動した。

外回り看護師が、タイムカウントを始める。

精鋭ばかりが集まったチームだ。

スタッフはすぐに、人工心肺術の動線に順応して、なんの違和感もない。

しかし、本来予定していなかった術式に急遽変更した後だ。

術者や看護師もピリピリと緊迫した表情を崩さず、オペ室の空気は、最後まで尖るような緊張感に包まれていた。


結果的に、オペそのものは無事に終了した。

とはいえ、高齢患者の体力を考慮し、手術による侵襲を最低限に抑える目的で選択した心臓拍動下での術中、術式の変更は絶対回避すべき憂事だった。

冠動脈の癒着が強固であった場合、剥離の際に想定以上の出血を伴い、急遽術式の変更もある旨、術前に患者や家族に説明して同意を得ている。

院長は、人工心肺に踏み切った理由を、『術中に血圧が低下し、輸液でのコントロールが困難になりました。心筋虚血を防ぐために、やむなく変更した次第です』とだけ、家族に説明した。

術中、同様のトラブルは、心臓外科だけでなく、他のどの科でもあり得ることで、決して珍しくはない。

暁は、起きた事実を包み隠さず、報告すべきだと進言した。

しかし、院長は苦渋の表情を浮かべ、

『一般患者なら蓮見君の言う通りだろうが、今回は相手が悪い。下手に説明して不信感を招いては、若い医師の未来を閉ざすことになってしまう』

柏崎を庇う姿勢を貫いた。

『万が一、意図的に説明しなかったことが、後になって明るみに出れば、その方がよほど悪質で、病院にとってもハイリスクです』

『その時は、執刀医である私が、全責任を取る』

手技ミスを犯した柏崎は、ふたりのやり取りを聞く間、言葉もなくうなだれるばかり。

張本人なのに、思うところも意見もないのか。

院長に庇われ、医師生命さえ守れればそれでいいのか――。

『おい、柏崎。なぜ黙っている。お前、思うことはないのか？』

彼の態度に苛立ちを覚え、暁が叱咤しても、ただ唇を噛んでいる。

彼から誠意を引き出すのを諦め、暁は院長と意見を闘わせた。

しかし平行線のまま、何度目かの〝極秘会議〟の途中――。

病棟から呼び出しを受けた柏崎が、そそくさと院長室を出ていく。

当事者が席を外しては、これ以上自分が残る意味もない。

暁も、暇を告げて立ち上がりかけて、

『……院長？』

ふと、視界に入った院長が、苦悩の色濃く眉間を指で押すのを見て、中途半端な体勢で声を潜めた。

彼に呼ばれて、院長は指を離し、無言でかぶりを振る。

なにか、柏崎のミスを隠すこととは別の心労があるように思え、暁はもう一度ソファに腰を下ろした。

『なにか、気がかりがあるんですね？』

探るように問いかけると、院長はわずかに逡巡した後、溜め息を漏らした。

一度、ギュッと目を瞑り……。

『オペの前に、柏崎君から言われたんだ。このオペが終わったら、報告したいことがある、と』

『報告、ですか。なんの』

暁が低い声で質問すると、院長はゆっくり目蓋を持ち上げた。

『恐らく、娘との結婚だ』

恐らく、と言いながら即答したのは、そう確信しているからだろう。

それなのに、惑うように声を揺らす院長に、暁は思わず息をのんだ。

『直接聞いたことはないが、一緒に暮らしている娘のことだ。男がいるのは勘付いていたし、だいぶ長い付き合いのはずだ。相手が同じ職場の医師だから、院長の私に伏せていたんだろう』

院長が顔を伏せて吐露するのを聞いて、意識して背筋を伸ばす。

『娘婿になる男だから、庇うのですか』

警戒しながら、硬い表情で質問を重ねる。

院長は、返事を考えるように、思案する顔をして……。

『いや』

苦渋を強め、短く答えた。

『柏崎君と娘の結婚を、許すことはできない』

力を取り戻した声色に、暁はこくりと喉を鳴らす。

『私はかねてから、娘には優秀な医師と結婚してもらいたいと思っていてね。ゆくゆくは、夫となる医師に、この病院の後継者になってほしいんだ』

絞り出すように言って、ゆっくり顔を上げた。

『だが、柏崎君では無理だ。庇うんじゃない。せめてもの罪滅ぼしだよ』

瞳にはっきりとした意志を湛え、顔の前で両手の指を組み合わせる。

『彼の医師生命を守るのは、那智さんと別れる手切れ金代わり……そういうことですか』

あえて歯に衣着せずにズバリ問う暁に、困ったように眉尻を下げた。

『柏崎君ではダメな理由を説明できない以上、娘も納得しないだろう。だから、彼には察して、身を引いてほしい。……君が言う万が一の時のために、私は即急に次期院長を決めなければならないんだ』

院長が自分の手元に目を落として続けた言葉は、彼に訴えかけているようで、自身に言い聞かせているようでもあり――。

そこに、強い覚悟を感じて、暁は返事をせずに黙っていた。

『蓮見君』

改まった口調で呼ばれて、まっすぐ視線だけ返す。

『君はこの病院に来てたった三年で、本当に立派に成長した。君のように、信念を持った医師であれば……』

院長が尻すぼみにした続きを待って、わずかに喉仏を上下させる。

『……院長は』

暁は、やや喉に声を引っかからせて、自らその先に踏み込んだ。

『私には、任せられる、と。そうお考えですか』

直球で被せると、院長は唇を結び、一度、はっきりと頷いた。

そこに確かな意思を見て、暁は静かに目を伏せる。

(院長の言う通り……柏崎から身を引くように持っていかないと、彼女はきっと納得しない。だが、こんな形で別れることになって……他の男との結婚も、受け入れられるわけがない)

沈思する彼が、困惑していると思ったのだろう。

院長は、『いや、すまなかった』と、やや強引に声のトーンを変えた。

『こんなことを言っては、蓮見君の負担になる。どうか、忘れてくれ』

無理矢理話を引き取り、ギッとソファを軋ませて立ち上がる。

執務机に向かう背中は颯爽としていながら、やはり疲労の色濃く、どこか小さく見えて――。

暁はきゅっと唇を噛み、膝の上で拳を握りしめた。


話を終えて院長室から出たところで、暁はギクッと足を止めた。

病棟での対応を終えたのか、柏崎が廊下の向こうから走って戻ってくるのを見留めたからだ。

『っ、蓮見先生』

彼に気付き、柏崎が歩を止める。

『あの……話は……』

『今日は解散だ。俺も失礼する』

暁は彼から目を逸らし、その横を通り過ぎようとした。

しかし。

『先生、お願いです。どうか、黙っていてもらえませんか……』

　肘を引いて、止められた。

『先生が言うのは、万が一でしょう。オペに関わった者すべてが黙っていれば、患者に知られるわけがない。院長ご自身が、説明を終えているんです。ご意見も変わりませんよ』

　苦く顔を歪める彼に、暁はふっと眉根を寄せた。

『だって、そうじゃないですか。今さら事実を公表したって、院長にもこの病院にも不利益にしかならない。それなのに、こんな会議、長々と続けてなんになるんですか……』

『つまり、もはや自分のミスの問題ではない。説明義務を怠ったのは院長で、訴訟に発展したとしても、責任は院長にある、と？』

　不快感が募り、辛辣に言葉を挟んだ。

　一瞬、柏崎が怯んだのが、気配でわかる。

『院長と病院のために、俺にも黙れと。病院のトップを巻き込む火の粉を撒いておいて、すでに他人事（ひとごと）か？』

　暁はグイと腕を引いて、彼の手を払った。

柏崎は、グッと口を噤んだものの……。

『僕の医師生命を繋いでくれた院長には、感謝してます。僕は院長のもとで、一生かけて今回のミスを挽回します』

白衣の襟元を直し、硬い口調で続ける。

『だったら院長を隠れ蓑にするな』と喉まで出かかって、暁はゴクッと喉仏を上下させた。

不本意ながら、『医師生命を繋いでくれた』という言葉に同調して、自身が経験した苦い過去の記憶がよぎったせいだ。

研修医課程を終えて、晴れて麻酔科医になった暁は、二十九歳で、世界トップレベルの麻酔技術を誇る、アメリカ、ニューヨークの大学病院に留学した。

世界的に有名な麻酔科医に師事して一年、幸運にも、ドイツ、デュッセルドルフの大学病院から招致を受けた。

だが、ドイツでの勤務はほんの一年半で終わった。

今の柏崎と同じく医師として地に堕ち、ほとんど追われるように日本に帰国したのだ。

(俺は、あの時院長に拾われ、救われた。感謝の気持ちは、忘れない)

彼の保身塗れの言い分を認めるのは癪に障るが、今さら真実を明らかにしても、不利益を被るのは院長と病院であることに違いはない。

幸い、患者の経過は順調だ。

予定通りICUを出て、今は一般病棟のVIP室で、手厚い看護を受けている。

家族も院長の説明に不審を抱く様子はなく、見舞いに来る際もスタッフに対して友好的だ。

今は、黙っているのが恩返しになるのか——。

しかし。

『こんなことで医師免許を取り上げられたら……俺は那智になんて言えば……』

思考を揺らす彼の前で、柏崎が悲愴に唇を噛み、か細い声で独り言ちた。

動きの小さい口の中でボソボソとくぐもり、明瞭な音にはならない。

『え?』

暁が聞き返して初めて、心の声が漏れていたことに気付いたようだ。

『あ、いえ』と取り繕い、目を彷徨わせるのを見て——。

(違う。俺は、この男とは違う)

暁は、脇に垂らした手をギュッと握りしめた。

柏崎は、あのオペの第一助手に、自ら志願したと聞いた。

その理由は？

純粋に、医師としての向上心かもしれないが、今の彼を見る限り、暁にはそうは思えなかった。

今さら患者に説明することを、院長や病院の不利益などともっともらしく言うが、それもただの建前にしか聞こえない。

医師としての説明義務を怠り、その使命に背きながら、医師生命に縋る男。

言動は矛盾だらけで、この期に及んで多くを望む彼にとって、一番大事なものはなにか見えてこない。

（院長の言う通り、この男ではダメだ。彼女を任せられない。……別れさせること、それが必ず彼女のためになる）

その翌日、再び極秘会議が行われた。

『院長。お嬢さんを……那智さんを、私の妻に娶らせてください。それが、すべての要求をのむ条件です』

開口一番、暁は院長にそう告げた。

那智への求婚を申し出るだけで、彼の意図はすべて伝わっていた。

一瞬大きく見開いた院長の目が、すぐに安堵したように和らいでいく。
それを確認する彼の視界の端で、
『なっ……』
柏崎は愕然として、表情を凍りつかせ、声を失った。
（これで、なにもかも守ることができる。……たとえ、那智に憎まれても）
暁もまた、悲壮な決意を固めていた。

涙に暮れるばかりだった初夜が明け、翌朝――。

那智は腫れぼったい目をして、キッチンに立った。

昨夜は、暁が寝室から出ていってくれてホッとしたものの、朝になり、ひとりでは広すぎるベッドで目覚めてみると、途方もない罪悪感に苛まれた。

彼は出ていったきり、戻ってこなかった。

別の場所で、眠らせてしまった。

その事実が、心に重くずっしりと圧しかかる。

(昨夜のことは、ちゃんと謝らなきゃ)

今日は日曜日だけど、暁は出勤だ。

朝食の支度をしながら、自分に言い聞かせて奮い立たせようとしたものの――。

『明日はやめない。一晩待ってやるから、俺を受け入れる覚悟をしておけ』

「っ……」

彼が言い捨てた言葉が蘇って、心臓がドクッと沸き立った。

嫌でも、途中で中断した初夜の記憶が、脳裏を掠める。

(今夜は、最後まで……)

意思に関係なく、頬がカッと熱くなるのを感じた時。

スウェーデン式の立派なキッチン台の向こうで、暁の書斎のドアが開くのが目に映った。

そこから、眠そうな顔をした彼が、前髪を掻(か)き上げながら出てくる。

昨夜、寝室から出ていった時のバスローブではなく、白いTシャツと、腰で穿いたスラックス姿。

「……!」

那智はIHコンロを止め、思い切ってキッチンを出た。

「おはようございます、蓮見せん……暁、さん」

呼びかける途中で、呼び方について皮肉られたことを思い出し、言葉をのんで言い直した。

リビングを抜け、洗面所に向かおうとする彼の前に駆け出る。

進路を阻まれ、暁が足を止めた。

黙ったまま見下ろしてくる彼と、宙で視線がバチッとぶつかり……。

「っ……！」

掠めるどころではなく、まざまざと思い出してしまった。

最後の一線こそ越えなかったものの、昨夜ベッドで、お互い裸でした艶めかしい行為を。

那智の顔は、火を噴くように一気に真っ赤に染まった。

頭のてっぺんから、蒸気が立ち上りそうなほど、頬が熱い。

「……どけ。邪魔だ」

暁の方はまったく意に介していない様子で、低い声で素っ気なく言い捨てた。

彼女の肩を軽く押して、退かそうとする。

「ひゃっ……！」

彼の大きな筋張った手に、那智は大袈裟なほどビクンと身を竦めた。

ほんの少し触れられただけで、昨夜肌に刻まれたあらゆる感触が蘇る。

「っ……」

そんな自分に戸惑い、逃げるように飛び退いた。

暁が、不機嫌に眉根を寄せる。

「俺に触れられるのは、そんなに嫌か」

眉尻を上げ、嫌みっぽくふんと鼻を鳴らして、横を通り過ぎて行ってしまう。

「あ」

胸の鼓動は、ドッドッと激しく打ち鳴っている。

那智は胸元を強く手で押さえながら、慌てて彼を振り返った。

「昨夜、すみませんでしたっ……」

広い背中にぶつけるように言って、勢いよく頭を下げる。

精いっぱいの謝罪が届いたのか、暁はピタリと足を止めた。

しかし、返ってくるのは無言の溜め息。

沈黙が気詰まりで、那智は恐る恐る背を起こした。

そのタイミングで、彼が上体だけで振り返った。

「俺たちは、結婚して夫婦になったんだ。自覚しろ」

スラックスのウエストに指を引っかけ、物憂げな空気を漂わせて、彼女を見遣る。

「夫婦……」

那智は、彼の言葉を無意識に反芻した。

「……でも」

俯いて唇を噛み、身体の脇に垂らした手をギュッと握りしめる。

お互いのことをほとんどなにも知らないまま、父に命令された政略結婚。
暁も、愛はいらないという口振りだったから、夫婦といっても形だけ。
夫婦生活も必要ないと、思い込んでいた。
しかし、すでに初日から、ふたりの思考は相違していたのだ。
そう気付いたのは、夜を迎えてからのこと――。
『今日から、お前は俺のものだ。那智、こっちに来い』
初夜を迎える心構えは、まったくしていなかった。
いきなりベッドに組み敷かれ、驚きと困惑で抵抗が遅れる。
暁がなにをしようとしているか理解が追いついても、逃れる術（すべ）はない。
腹を括る以外、ない。
心と身体を遮断することで、精いっぱい逃避しようとした。
しかし、どうしても気持ちが追いつかず――。
（聡志……！）
最後の最後で、一カ月ほど前に別れた彼を追い求めてしまった。
結婚初夜。
夫婦なら当然のことを拒むなんて、無礼な真似をした自覚はある。

「あれだけやって寸止め食らったの、人生初めてだ」

「！」

「しかも、妻から、結婚初夜に」

軽いボヤき口調ではあるけど、わかりやすい皮肉を交えて言われて、那智はごくりと喉を鳴らした。

「……でも、愛し合ってないのに」

たどたどしく言い返すと、暁がピクリと眉尻を上げる。

「何度も言わせるな。俺たちは恋人同士ではなく、夫婦だ。言っとくが、セックスレスになるつもりは、毛頭ない」

容赦ない宣言に、那智はグッと言葉に詰まった。

目を伏せ、唇を噛む。

恋人ではなく、夫婦。

その大きな違いと言えば、当人同士だけでなく、家族問題を抱えた関係ということだ。

まだ話題になったこともないが、那智の両親も、そう遠くない未来、孫の顔が見たいと言い出すだろう。

暁は、これも〝夫〟の義務と考えているのかもしれない。

(ズルい。義務にされたら、拒めない……)

那智は無言のまま、睫毛を震わせた。

「どうやら、理解はできたようだな」

暁が、彼女をジッと見下ろした。

「今夜は、嫌がられようが泣かれようが、最後まで抱く」

耳に心地よい低い声で、不敵に告げる。

直球すぎる宣言に、那智の心臓は条件反射でドキッと跳ね上がった。

「手加減しないから、そのつもりで」

「っ……」

彼から向けられるのは、〝妻〟への愛情ではない、ただの欲望だ。

わかっているのに、強く求めるような言い方に、鼓動はドキドキと加速してしまう。

胸元で服をギュッと握りしめて俯く彼女に、暁は再び背を向けた。

洗面所に入っていく彼を見送って、那智は踵を返す。

心臓は、太鼓の乱れ打ちのような拍動を繰り出している。

気持ちばかりが急いて、足を縺れさせながら、なんとかキッチンに逃げ込み……。

「……はあっ」

お腹の底から、深い息を吐いた。

同時に脱力して、その場にへなへなとしゃがみ込む。

心では誰を想ってくれても構わない、と言ったのは彼だ。

(あんな言い方されたらわかる。暁さんの方こそ、私を妻として愛するつもりはないんだって……)

それなのに、義務と称して夫婦生活を求められる。

昨夜と同じように、五感のすべてを遮断して、ただ身体だけを委ねる——。

この先いつまで、こんな生活が続くのだろう。

——無理だ。

そう遠くない未来、本当に抜け殻になる自分を想像して、那智はゾクッと身を震わせた。

いや……むしろ、そうなれたら、心まで壊れずに済むのだろうか。

新婚二日目のその日、暁は日曜出勤だった。

土日祝日は予定手術がないため、緊急でない限り、オペ室に入ることはない。

ロッカー室に立ち寄っても、スクラブに着替える必要はない。

スーツの上着を脱ぎ、白いシャツとアイスブルーのネクタイ姿のまま、白衣を羽織った。

首から下げた職員IDを胸ポケットに留め、ロッカー室を出る。

彼が真っ先に向かったのは、聖域であるオペ室と同じフロアにあるICU……集中治療室だ。

オペ後、全身状態の管理が必要な患者が主だが、予断を許さない重篤な患者が一般病棟から移されていて、三十あるベッドは常時埋まっている。

「おはよう」

短い挨拶をしながらナースステーションに入ると、数人の看護師が仕事の手を止め、「おはようございます」と返してきた。

「蓮見先生」

白衣のポケットにペンライトや聴診器を突っ込み、ラウンドの準備をしていると、彼よりやや年上の主任看護師が近寄ってくる。

それを、視界の端で認めて……。

「十六番ベッドの狭山さん。夜間帯、どうでしたか」

主任看護師が切り出すより先に、特に気にかけていた患者の状態を問う。

先週の木曜、大動脈弁狭窄症のオペを受けた、七十代後半の男性患者だ。

暁は、麻酔科医を務めた。

高齢な上、複数の基礎疾患があり、使える麻酔薬も限られてくる。

リスクを最小限に、それでも効果の高い薬液を選定するのに、難しい患者だった。

術中も、かなりきめ細かい、輸液調整を余儀なくされた。

苦労の甲斐あって、大きく状態が変化することはなく、オペは無事終了した。

しかし、許容量ギリギリまで薬を使う必要があったため、術後、麻酔離脱に時間を要した。

ＩＣＵから出るまで、気が抜けない。

「順調ですよ」

主任看護師から差し出されたカルテを受け取り、目を落とす。

「麻酔から醒めた後は、順調に回復されてます」

「そうですか。それはよかった」

暁は、ホッと安堵の息を吐いた。

今は、どんな些細なことでも、〝ミス〟と取られる事態だけは、絶対に回避しなければならない。

それが、たとえ不可抗力であったとしても。

例の元政治家のオペから、一カ月ほど——。

VIP患者が入院中は、直接関わりのない他科のスタッフにも緊張感が漂うものだが、その患者も二週間前に退院した。

病院全体の空気が和らいだのは、暁も感じていた。

しかし、あのオペに関わった医療従事者は例外だ。

暁や術者ふたりだけではない。看護師に助手、臨床工学技士たちにも、術中に起きたことに関しては、事実上の箝口令が敷かれていた。

患者が患者だけに、チームを組んだのは、院内でも精鋭メンバーだった。

彼らは、医師三人の間で秘密裡に決まった〝隠匿〟のことは、なにも聞かされていない。

それでも、それぞれの立場で、不審に思うところもあるはずだ。

彼らがなにをどう考えているか、暁は知りたいと思っていた。

ところが、あれ以来、誰ひとりとして、同じチームになっていない。

皆、これまでと変わらず業務に当たっているはずだが、オペのチーム編成の最終決定権は院長にあるから、厳重に管理されているのだろう。

一方、患者は、現在自宅療養を続けているそうだ。

オペの経緯について、家族が病院側に再説明を要求する動きもない。

関わった者同士の接触を断ち、このまま時が過ぎれば、オペ室で起きた出来事そのものが過去に追いやられ、皆の心からも風化していく——。

「……主任」

暁は、主任看護師にカルテを返しながら、低い声で呼びかけた。

「心臓外科の柏崎先生……最近オペに入ってないと聞いたんですが。ＩＣＵには顔出してますか」

意識的に抑えなくても、彼の口調に抑揚は表れない。

「柏崎先生ですか？」

彼が他人の近況を訊ねるのは珍しく、主任看護師はきょとんとした顔で聞き返してきた。

「それが、柏崎先生、この間のＶＩＰのオペ以来、ＩＣＵにもいらっしゃらないんですよ。噂では、院長に勧められて、海外に研修に行かれてるとか」

「え？」

意外な返答に、思わず目を瞠った。

彼がわかりやすく表情を変化させるのもまた稀だからか、主任看護師はパチパチと瞬きをして驚きを示している。

「といっても、一、二カ月程度の、短期間だそうですけど。うちの看護師たちは、あのオペで院長に実力を認められて、期待されたんじゃないか、なんて。ふふ。若い子たちの間じゃ、旦那様にしたい医師だって、赤丸急上昇なんですよ」

彼女が愉快気に続けるのを聞いて、暁は目線を横に流し、顎を摩(さす)って思案した。

〝当事者〟三人での〝極秘会議〟の後、柏崎はすぐに那智に別れを告げていた。

彼女からそう聞いた時は、いやにあっさり引き下がったものだと、拍子抜けした。

医師としてのプライドを捨て、黙っていてくれと頼んできたのは、那智との結婚のためでもあったはず。

そのわりに、随分と諦めが早い……と冷ややかな気分になったりしたが、柏崎がこの先どうしようが、興味はない。

しかし――。

「……そうですか。ありがとうございました」

暁は強くかぶりを振って、心に広がる疑心から目を背けた。

「はい。あ、そうだ、蓮見せんせ……」

「患者のベッド、回ってきます」

主任看護師の呼びかけを背に、ナースステーションから直接、ずらりとベッドが並ぶ病室に入る。

時刻は、午前八時半。

この時間は、まだ夜勤者と日勤者両方がいるが、どちらの勤務かは疲労度合の違いで一目瞭然。

暁は端からひとつひとつベッドを回り、輸液バッグや滴下時間、呼吸管理状況をチェックした。

気になった患者については、夜勤者を呼び止めて報告させ、日勤者にその先の指示を与える。

丁寧に全三十床をラウンドすると、一時間が経過していた。

無意識に、「ふう」と小さな吐息を漏らし、首に聴診器をかけて病室を出る。

再びナースステーションに戻り、日勤者に指示した内容を、主任看護師にも申し送った。

「医局にいます。なにかあればいつでも連絡を——

そう言って、ＩＣＵを後にしようとする。

「はい。……あ！　蓮見先生」

主任看護師は返事をしてから、ここでも彼を呼び止めた。

今度は、暁も足を止めて耳を傾ける。

「なにか？」

「お祝い、遅れまして。おめでとうございます」

「え？」

祝辞を述べられた暁は、一瞬素になって聞き返した。

「ご結婚されたんですよね。院長の娘さんと」

好奇心に満ちた目で探られ、自分の左手にハッと目を落とす。

そこには、昨日から、那智と揃いの結婚指輪が嵌められている。

医療従事者でも、結婚指輪だけは、勤務中も身に着けることが許されているが、詮索されるのも鬱陶しい。

ロッカーで外してこようと思っていたのに、失念していた。

「ああ……ありがとうございます」

きまり悪くて、無意識に左手を白衣のポケットに突っ込んだ。

「ふふふ。先生、最近ちょっとお疲れ気味ですから、今日は早く帰って、奥様に癒されてくださいね」

主任看護師は声を弾ませるが、暁は返答に困って、そっぽを向いた。

それを、照れているとでも受け取られたのか。悪戯っぽく目を細められ、なにか居心地悪い思いで、ナースステーションから退散した。

非常階段を上って、医局フロアに出る。

麻酔科医局に入ると、まっすぐ自分のデスクに向かった。

椅子を引いて、ほとんど脱力気味に、ドスッと腰を下ろす。

大きく背もたれを軋ませて、体重を預ける。

喉を仰け反らせ、低い天井を仰ぎ——。

「奥様に癒されろ……か」

癒されるどころか、彼にとって、那智は一番の悩みの種だ。

昨夜……結婚初夜。

那智は、暁に抱かれる覚悟をしていなかったようで、彼が丹念な愛撫を施す間、終始固く目を閉じていた。

小刻みに身体を震わせ、声を殺して泣いていた。

『い、や……。嫌、蓮見先生、お願い、それだけは……‼』

いざ……というタイミングで放たれた悲痛な叫びは、彼の鼓膜に刻み込まれている。

（保身に走って自分を捨てた男に、操だてとは。……滑稽なほど、健気だな）

彼女を蔑むことで、精神的優位に立とうとしたものの、かえって胸がざわざわする。

「くそっ……」

一度抑えたはずの苛立ちが再び込み上げてきて、暁は短い舌打ちをした。

那智の瑞々しい裸体を前に、自分の方は限界を超えて昂っていたからこそ、忌々しかった。

「……はっ」

暁は、自嘲気味に浅い息を吐いた。

『心では誰を想ってくれても構わない。俺を好きになれとは言わない』

そう言ったのは彼自身だが、むろん本心であるわけがない。

『柏崎君ではダメな理由を説明できない以上、娘も納得しないだろう』

彼も、院長と同意見だった。

互いに愛し合っているのに無理やり引き裂かれるという、悲恋的な破局だからこそ、

彼女はますます柏崎に囚われる。

暁が彼女に『好きだ』と言って、正攻法で結婚を申し込んでも、那智の心は自分に向かない。

むしろ、同じように夫を想えない罪悪感で、苦しむだけだと予測できた。

彼女を苦しめることなく、できるだけ早く柏崎への想いを薄れさせるには、意に添わないまま、他の男のものになったという諦めや絶望、そんな強い負の感情が必要だと考えた。

だからこそ、昨夜、彼女にどんなに泣かれても、最後まで強引に進めたい気持ちはあった。

しかし、寸前で行為を中断したのは、結婚しても、彼女の中で柏崎以上の存在になれない自分を思い知らされ、傷ついていたからだ。

『手加減しないから、そのつもりで』――。

容赦ない言葉で那智を追い詰めたのも、彼女に諦めを植えつけ、抵抗の芽を摘み取るため。

新婚生活一日目にして、焦っていた自覚はある。

暁は顔に手を当て、ギュッと目を瞑った。

昨夜は熱を鎮めるのに苦労して、結局明け方近くまで眠れなかった。

そのせいか、目蓋が重苦しい。

親指と人差し指で目頭をグッと押して、ゆっくり手を離す。

見慣れた医局の風景が、視界の中で一瞬色を失う。

ゆっくり色を取り戻すような感覚と共に気を取り直し、彼はパソコンに向かった。

オペのない日曜日の勤務は、普段なかなか時間が取れないデスクワークを片付けるのに、持ってこいだ。

再来週予定されているオペの、術前モニタリングの分析を進めなければ。

先週のオペで使用した薬液についても、検証報告書をまとめなければならない。

やることは、山積みだ。

那智や柏崎のことで、頭を悩ませている暇はない。


その夜。

先にベッドに入った暁が、長く伸ばした足の上に本を開いて読書をしていると、ドアが控えめにノックされた。

「どうぞ」

本を閉じ、読書のためにかけていたブラックフレームの眼鏡を外して、サイドテーブルに置いて応答すると、静かにドアが開いた。

キッチンの片付けをした後で入浴を終え、しばらく自室に閉じこもっていた那智が、パジャマ姿でドア口に立つ。

今夜は、逃げられない。

ここで抱かれるとわかっているからか、蒼白な顔には悲愴感が漂う。

「そんなとこに突っ立ってないで、早く来い」

暁がそう促しても、身体を強張らせて、その場に立ち尽くしたまま。

パジャマの裾をギュッと握りしめた拳は、小刻みに震えている。

暁はふっと目を伏せ、浅い息を吐いた。

ベッドを軋ませて床に下り、無言で那智の方に歩を進める。

「今朝、ちゃんと宣言してやったのに。まだ、夫に抱かれる覚悟もできないのか」

距離が狭まるにつれ、わかりやすく身を縮めて俯く彼女の真ん前で足を止め、顎をグッと掴んで持ち上げた。

「っ……」

そして。

目が合った瞬間、怯んだのは彼の方だった。

「覚悟って、なんの覚悟ですか？」

泣きそうに顔を歪めているかと思いきや、那智は強烈な力を湛えた目で、睨み上げてきた。

「愛し合ってもいない夫に抱かれる覚悟なんて、いつになってもできません。だから、義務だと割り切るしかない。ただの動物同士の戯れに、覚悟はいりません」

清楚な顔立ちには似合わない、皮肉めいた口調。

暁は、無意識にゴクッと喉を鳴らし……。

「そうか」

素っ気なく言って、サッと背を屈めた。

それ以上の嫌みは言わせない、というように、小さく可憐な唇をキスで封じ込める。

「っ」

『動物同士の戯れ』なんて、精いっぱいの強がりだろう。

唇の先で、一瞬怯んだ反応からも明らかだった。

きっと、キスを交わすだけでも、自分に『義務だ』と言い聞かせ、葛藤している。

そのせいか、昨夜のようなわかりやすい拒否はない。

暁は構わず、尖らせた舌先で、彼女の唇をこじ開けた。

「んっ、ん……」

とっさに引っ込められる、彼女の舌。

やはり、口で言うほど割り切れていないのが見透かせる。

だからといって、容赦はしない。

「早く……諦めろ、那智」

ここが攻め時とばかりに、暁はグイグイと踏み込んでいった。

わざといやらしい音を立てながら、彼女の舌を転がすように追いかける。

「ふ、あっ……」

思わず、といった、鼻から抜けるような声を漏らし、那智がドアに背中をドンとぶつけた。

追及の手を緩めず、暁は彼女に激しいキスを浴びせながら、ひょいと横抱きに抱え上げる。

「あ、きら、さ……」

キスの隙間で、那智がくぐもった声で彼を呼ぶ。

ほんの数歩でベッドに辿り着き、その真ん中に、彼女をやや乱暴に放った。

「っ!」

スプリングが大きく弾み、彼女の身体が跳ね上がる。

その衝撃が収まるのを待たずに、暁はベッドに乗り上げた。

ベッドについた両腕の中に、華奢な身体を囲い込み、組み敷く。

自身に降ってくる色濃い影を感じたのか、那智がハッと目を開けた。

「あき……っ、あ、んっ……！」

暁が上衣の裾を豪快に捲り上げ、胸を鷲掴みにすると、ビクンと背を撓らせる。

ブラジャーを上にずらすと同時に、ひゅっと喉を鳴らして息をのんだ。

暁の視界の中心で、彼女の両方の胸が揺れる。

その様を目にしたのか、那智はカッと頬を火照らせた。

「いや、んっ……あっ！」

間髪を入れず、彼女の白く柔らかい膨らみに唇を這わせると、甲高い甘い声をあげた。

彼の両肩に手をかけ、自分から引き剥がそうとする。

暁は彼女の抵抗をものともせず、わざと執着めいた愛撫を施し、見せつけた。

「あっ、あ……暁さんっ……」

那智が、白い喉を仰け反らせる。

譫言のような声で名を呼ばれ、彼の背筋に寒気によく似た痺れが駆け上った。

「……はっ。気持ちよさそうだな、那智」

暁自身、やや呼吸を乱しながら、昨夜から一転、快感に震える彼女を、意地悪に揶揄した。

それを聞いて、那智はハッとしたように、息を止める。

「ち、ちが……そんなんじゃ」

「これは、覚悟の必要もない、動物同士の戯れなんだろ？　だったら、羞恥心を捨てろ。お互い、本能で快楽に興じてしまおう」

暁は彼女の上衣のボタンを外しながら、ゆっくりした口調であからさまに挑発した。

ここまでしても、那智はまだ脱がされることに抵抗して、彼の手に手をかける。

「こんなこと、楽しいだけですることじゃないっ」

「義務だと腹を括ったんだろ、文句言うな。……もったいないな。素直に感じてくれれば、脳がふやけるほど気持ちよくさせてやるのに」

羞恥に身を捩る彼女の耳を、わざと唇でくすぐって囁く。

彼女の上衣を剥ぎ取り、自分も服を脱いだ。

彼の引き締まった裸体を見て、那智がハッと小さく息をのむ。

とっさに目を背ける彼女を、暁は逃がさない。

「あ、暁、さ……」

隙間なく肌を重ねると、心なしか、彼女の声がしっとりと艶めく。

たったそれだけで、暁は自身が熱く昂るのを感じた。

「っ、那智」

昨夜も彼を襲った、溺れもがくような快楽の渦。

のみ込まれないように、ぶるっと身を震わせる。

彼女の柔肌に意識を集中させる以外に術がなく、反射的に逃げようとする身体をがっちりと押さえ込んだ。

そして——。

「俺のものになれ、那智」

天井に向いて反り勃つ欲望の猛りに薄いゴムを被せ、不遜に言い捨てる。

条件反射で怯む彼女に構わず、一気に腰を進めて貫いた。

「やああっ……‼」

那智はシーツを逆手に握りしめ、大きく腰を跳ね上げた。

暁がグリッと奥を抉ると、ビクビクと痙攣する。

「っ、くっ……」

想像以上に締めつけられ、すべてを持っていかれそうな感覚に耐え……。

「……動くぞ、那智」

静かな口調とは正反対の、急いた気持ちを隠せず、激しく腰を打ちつける。

「あっ、やっ。あ、ああっ……！」

那智は喘ぎ声を殺すことができず、すでに憚ることを忘れている。

暁は、先に彼女の理性を崩して乱れさせることで、抗いようのないほど溺れる自分を誤魔化そうと、必死だった。

容赦なく身体の最奥を突かれ、甘く喘ぐ自分の甲高い声を、那智は屈辱的な思いで聞いていた。

暁の愛撫は激しく強引なのに、巧みで、緻密な計算を施しているのがわかる。

昨夜と今夜、たった二日間で、本当にすべてを開拓され、知り尽くされてしまったのか。

もう、どこを触られても、快感しか湧いてこない。

必死に強がって宣言した皮肉通り、ただの動物になって乱れる自分を、きっと彼はあざ笑っている。
見られたくない、知られたくないのに、ビクビクと痙攣する身体を抑えられない。
がっちりと両手でホールドされた腰に、彼のそれが打ちつけられる。
激しく身体を揺さぶられながら、
(聡志……聡志っ……)
那智はベッドに突いた両肘に顔を伏せ、心の中で聡志の名を繰り返した。
生理的に浮かんだ涙が雫(しずく)になって、目尻から伝い落ちる。
「あっ……は、あっ」
ぶるっと頭を振って、押し寄せる快楽の波に、必死に抗った。
「那智」
暁が、薄い唇で耳を甘噛みしながら、しっとり濡れた声で名を呼ぶ。
鼓膜に焼きついている、少しトーンの高い聡志の声とは似ても似つかない。
なのに――。
『那智、愛してる。ずっとこうして一緒にいよう』
どうしてだか、愛してやまない彼の記憶が呼び起こされた。
「あっ……さと……」

背中から回ってきた大きな手に、片方の胸をギュッと掴まれ、那智は掠れた声を漏らした。

「愛、してる。聡志……」

無自覚の愛の言葉は途切れ途切れだったけれど、暁の耳にもしっかりと届き――。

「っ、え……？　きゃあっ……⁉」

いきなりぐるんと身体を回転させられ、視界が回る。

一度固く目蓋を閉じて、覚束(おぼつか)ない感覚をやり過ごしてから目を開けた。

ベッドに仰向けにされた彼女の視界いっぱいに、猛烈な男の色気を漂わせる全裸の暁が映り込む。

「他の誰を想ってもいいとは言ったが……少しは遠慮しろ」

「え……」

「俺に抱かれてる時に、他の男を『愛してる』なんてよく言える。……腹立たしいな」

忌々し気な舌打ちをして、噛みつくようなキスで唇を塞いでくる。

執拗で強引なキスを浴びせ、苛立ちを憚らない暁に、

「っ！」

那智も、喉を鳴らして息をのんだ。

彼に何度も名前を呼ばれるうちに、現実と過去の記憶の境界線が曖昧になっていた。そのせいで、意図せず、声に出ていたのだと気付く。

「ご、ごめんなさ……私……っ」

一層激しく絡まるキスにのまれ、謝罪もままならない。

「那智。お前を捨てた男に縋ってないで、俺によがれっ……」

「あっ‼」

吐き捨てるような命令と同時に、再び一気に貫かれ、那智は大きく背を仰け反らせた。

「……ふうっ」

カタカタと身を戦慄かせる彼女の耳元で、しっとりと濡れた肌を重ねた暁が、切なげな吐息を漏らす。

「身体からも心からも、跡形もなく消してやる」

那智の鼓膜に刻み込まれている聡志の声を、言葉を、自分のそれで上書きしていくような……。

暁の挑発的な囁きが、快楽に沈む彼女の背筋をゾクッと震わせる。

「あ、ああっ……！」

圧倒的な引力に負けて、地の底まで真っ逆さまに落ちていくような感覚に怯え、那智は無我夢中で彼の頭を掻き抱いた。

と、次の瞬間――。

「くっ……あ」

彼女の白い膨らみをくすぐる、彼のくぐもった声と湿った息。

暁も同時に達したのは、下腹部に感じたほんのりとした温もりで、知ることができた。

午前二時。

濃密で激しい行為の余韻が漂う寝室は、ベッドライトのオレンジ色の光で、ぼんやりと揺れて見える。

暁はベッドに足を伸ばして座り、自分の腰元で規則正しい寝息を立てる新妻を見下ろした。

何度目かの行為で果てた後、那智は身体を清める余裕もなく、ぐったりとベッドに寝そべり、そのまま寝入ってしまった。

結婚生活二日目、仕切り直しの初夜――。

(『愛してる、聡志』……か)

那智の呟きが直接鼓膜に刻まれた瞬間、彼女に溺れ、堕ちていこうとしていた暁は、冷や水を浴びせられた気分になった。

(この先俺は、那智を抱くたびに、彼女の柏崎への想いを思い知らされるのか。……いったい、いつまで)

なにもかもすべてを……なにより、那智を守るために決意した結婚。

そのためなら、憎まれても仕方がないと覚悟していたつもりだが、改めて彼女の強い想いに直面させられるとやりきれない。

途方もない無力感を覚え、那智の額に汗で張りついた前髪を退かす。

日尻に乾いた涙の痕。

暁は、やるせない想いに駆られ、彼女の茶色い髪をひと房握りしめた。

(初めて会った時から、触れたいと思っていた。那智の、この髪)

癖のない素直な髪は、こうして触れてみると、コシはあるが意外に柔らかいと知る。

彼女の髪を弄ぶうちに、脳裏に遠い記憶がよぎった。

陽だまりの多目的ホール。開け放たれた窓からそよぐ柔らかい秋風。繊細なヴァイオリンの音色、風に揺れるほつれ髪――。

暁が赤城総合病院で勤務し始めて間もない頃、入院患者向けに、職員によるミニコンサートが開かれた。

なにかの会話の折に、院長から『うちの娘も、ヴァイオリンを演奏するんだ』と聞いていた。

特段興味もなかったが、その時間、たまたま手が空いて、暁はスクラブの上から白衣を羽織り、麻酔科医局を出た。

外来棟の一階に降り、多目的ホールが近付いてくると、楽器の音色と共に、賑やかな空気が感じられた。

廊下を折れると、視界にホールが開けた。

三十分程度のミニコンサートとはいえ、わりと盛況のようだ。

五十脚ほど並べられた椅子は、主に病衣の患者ですべて埋まっていて、立ち見する家族や職員の姿も多く見受けられた。

ちょうど、一曲終わったところ。

暁は壁に背を預け、腕組みをして目を閉じた。

と、次の曲が始まり、軽やかに跳ねるヴァイオリンの旋律が、耳に飛び込んできた。

暁は目を開け、壁から背を起こして、奏者の姿を探した。

人垣が邪魔だが、長身の暁は、後方からでもかろうじて視界に捉えることができた。

ヴァイオリン奏者——院長の娘は、白いロングドレスを身に纏った、細見の女性だった。

緩く纏めた髪、わずかなほつれ毛が、秋の柔らかい風に揺れている。

医事課の医療事務員と聞いていたが、目にしたのはこれが初めてだった。

暁は無自覚のうちに、一歩前に踏み出していた。

と、その時。

『あれ、蓮見先生』

声をかけられ、ハッとしてその方向に顔を向ける。

『お疲れ様です。先生も、音楽で気晴らしですか？』

着任してすぐのオペでチームを組んだ、男性の臨床工学技士だった。

名前を聞いたはずだが、記憶に残っていない。

『まあ、ええ』と当たり障りなく返し、再びヴァイオリン奏者に目を向ける。

暁の視線の動きに気付いたのか、小柄な男性技士は大きく背伸びをして、『ああ』と合点したように頷いた。

『院長の娘、那智さんですよ。子供の頃から習っていたそうで、なかなかの腕前ですよね。品もあるし、結構狙ってる男、多いんですよ』

悪戯っぽく笑う彼を、視界の端に留める。

『へえ……』

暁は、どこか気のない返事をした。

それが伝わったのか、男性技士はひょいと肩を竦める。

『まあ、蓮見先生なら、もっともっといい女でも、より取り見取りか』

それにはあえて反応を返さず、暁はジッと那智を見据えた。

ヴァイオリンの他に、フルート、トランペット、クラリネット、チェロ。

彼女の他に女性がふたり、男性ふたり。

演目は、ヘンデルの管弦楽組曲『水上の音楽』。室内楽でよく演奏される、華やかな楽曲だ。

小川のせせらぎを感じさせる伸びやかな旋律、水遊びに興じる子供のはしゃいだ心が伝わってくるような、明るい音色に耳を奪われる。

しかし、主旋律を担っているのがヴァイオリン一挺(ちょう)だからか、管楽器に負けてしまい、音楽全体の輪郭がぼやけている。

暁はふっと視線を横に流し、黒い立派なグランドピアノに目を留めた。
そこに、奏者はいない。
(もしかして、急な都合でもあった……とか?)
暁は聴衆の外側を回り、ピアノの方に歩いていった。
マイクの前に立った、司会らしい女性に声をかける。
女性は驚いて目を丸くしたものの、彼の申し出を許可してくれた。
一曲終わったタイミングで、ピアノの前に座る。
『え? あの……』
女性から耳打ちされた那智が、戸惑った顔を向けてきた。
彼女だけじゃない、他の奏者も、きょとんとした目で、白衣の暁を見つめている。
『麻酔科の蓮見だ。ピアノを引き受ける』
彼は素っ気なく言って、鍵盤を押して調律を確かめた。
聴衆の大半は患者だが、突然の医師の登場に、職員たちがざわついている。
『蓮見……先生? でも、いきなりで弾けますか?』
那智のやや不審げな問いに、暁はふんと鼻で笑って返す。
『わざわざ恥をかきに出てくるほど、暇じゃない。君のヴァイオリンだけじゃや、メロディーが弱くてもったいない。手を貸してやる』

『なっ……』

突然乱入した医師にズケズケと遠慮なく言われて、那智も一瞬憤慨した様子ではあった。

しかし、すぐに深呼吸をして、気を取り直す。

『確かに、その通りです。ちょっと……予定していたピアノ奏者が、怪我してしまって。弾いてもらえるなら、助かります』

ほんの少し悔しそうではあるが、彼にペコッと頭を下げる。

『あの、楽譜です』

一番ピアノの近くにいたチェロ奏者の男性が、自分の楽譜を貸してくれた。

聴衆がややざわわしている中、暁は受け取った楽譜をサッとあらため、譜面台に乗せた。

彼が鍵盤に両手を置くのを横目に、那智たちも楽器を構える。

呼吸を合わせて間合いを取り、演奏を始める。

同じ主旋律を追う暁のピアノを聴いて、那智が大きく瞠った目を向けてきた。

横顔に視線を感じながらも、暁は表情を変えずに、鍵盤に指を走らせる。

ざわついていた聴衆は、いつの間にか静まっていた。

誰かと、音楽を演奏する。

それはどこか、他科のメンバーとチームを組んでオペをする感覚とよく似ている。

暁は苦い思いをして、人から逃げるように帰国したばかりだった。

他の人間に心を許すつもりもない。

もちろん、仕事以外での他人との関わりを疎(うと)んでいた。

だというのに。

(なぜ俺は、自らアンサンブルに飛び込んだりしたんだ……?)

彼自身、自分の思考回路がよくわからなかったが、その日の演奏は不思議と楽しかったのを覚えている。

『蓮見先生、ありがとうございました!』

ミニコンサートが終わった後、那智は興奮を隠さず、目をキラキラさせて、弾けるような笑顔を咲かせた。

『院内の催しの際には、また是非、一緒に演奏させてください』

しかし、その後はそんなものを引き受ける暇もなかった。

那智との関わりは、それが最後。

業務上の接点は皆無。たまに挨拶するのがやっとで、あの満面の笑みが、再び彼に向けられることはなかった。

しかし暁は、それからずっと、彼女を見かけるたび、その姿を目で追っていた——。

「……那智」

横で眠る彼女の髪に指を通し、その毛先を弄ぶ。

「あの笑顔は、今までずっと、柏崎だけのものだったんだな」

軽く持ち上げた指から、髪がサラサラと零れる。

暁はギュッと唇を噛んでから、身を捩ってルームライトを消した。

寝室に闇が落ち、布団の中に身体を滑らせる。

深い眠りの中にいる那智の唇にキスをして、両腕で抱き寄せた。

肌を重ね、官能が呼び起こされるギリギリまで、強く抱きしめ——。

(早く絶望して、俺を見ろ。……那智)

心の中で、彼女には残酷なことを、切に願った。

潤いなき渇望

結婚して初めて迎えた週明け、月曜日の朝。

那智は暁と一緒に、いつもより少し早い時間に家を出た。

彼が運転する車の助手席に座り、ほとんど目線を交わすこともないまま、十五分ほどで病院に着く。

ロッカーに寄る前に、共に向かったのは院長室だ。

「先週末に入籍を済ませ、那智の引っ越しも無事に終わり、新婚生活を開始しました」

今では義父でもある父に、きびきびと結婚報告をする暁を、那智は横目で窺っていた。

安定の、冷淡な横顔。

昨夜のあの熱っぽい激しさは、朝を迎えたら、すっかり鳴りを潜めていた。

ほんの少しもぶれない、冷徹で表情に乏しい、優秀な麻酔科医。

昨夜の彼が、嘘のよう。

まるで別人で、そのギャップについていけない。

「そうかそうか。おめでとう、那智」

父は上機嫌で破顔して、彼の隣で突っ立って黙っている彼女に、祝辞を述べる。

「……ありがとうございます」

那智は、心のこもらないお礼を言って、自分の足元に目を伏せた。

彼女の気のない態度に、暁は不快気に眉根を寄せた。

しかし、この場では流して、義父に向き直る。

「院長。結婚式ですが、年が明けてすぐ……と思っております」

「年明け？」

「院長の後継者お披露目パーティーが、年度初めの四月ですので、先だって済ませておければ、と」

暁はすらすらと淀みなく報告するが、那智がその考えを聞いたのは、ついさっき、出勤途中の車中だった。

『私も当事者なのに、勝手に決めないで』という反発心も湧かないほど、この週末だけで、彼の横暴さには慣らされていた。

仮に意見したところで、聞く耳すら持ってもらえなかっただろう。

「こちらは構わないが、君の方はそれで間に合うのか？」

でも、彼女が諦めた意見を、父が代わりに差し挟んでくれた。

「ご両親は事故で他界した……と言っていたか。だが、君の恩師や医師仲間は、皆海外だろう？　招待するにも、そんなに急では……」

「いえ。ニューヨークの恩師には、すでに電話で報告しましたし、わざわざ海外からこちらに呼びたい仲間もおりませんので」

那智はそろそろと顔を上げ、父と暁に交互に視線を向けた。

「ですから、院長と那智さえよければ」

その時、暁がこちらを向いたため、意図せずバチッと目が合ってしまう。

「っ……」

上から見下ろす瞳に、なぜだか昨夜の彼が網膜に浮かび上がる。

那智は勢いよく顔を背けた。

「どうした？　那智。お前は年明けでいいのか？」

「は、い」

怪訝そうに訊ねてくる父に、喉に声を引っかからせながら、なんとか答える。

頭上から、ふっと小さな吐息が降ってきて、那智は身体の脇でギュッと手を握りしめた。

（私がなにを思い出したか、絶対見透かしてる。きっと、薄笑いしてるはず……）

上から目線で小バカにされているのをひしひしと感じて、屈辱に震える。

しかし、その横で、暁は「ところで院長」と、仕事の話を切り出していた。

自分がここにいる理由はもうないんじゃないか、と思いながら、会話が進む中、無言で佇む。

視界の端に入り込む彼が、やっぱりいつも通り怜悧だから、彼女の心も少しだけ凪いだ。

やがて、ふたりの会話が意識から遠退いていく。

（……聡志）

ぼんやりした思考回路が向くのは、やはり、唯一心を寄せることができる相手だった。

しかし、涙の別れ以来、那智は彼を病院で見かけていない。

（今、どうしてるの？）

最初の一週間は、避けられているのか、と思っていた。

だが、それが二週間も三週間も続けば、不審しかない。

身体を壊して休んでいるのか、とか。

もしかしたら、突然の別れの理由もそこにあるのか、とか。

考え出したら、キリがない。

父に聞けば、恐らく一発で晴れる疑問。

しかし、今まで聡志との関係を内緒にしていたのが、こんなところで災いした。

その上、暁との結婚が決まった後で、父の前で他の医師を気にする素振りは見せられない——。

「那智。お前はそろそろ仕事に出なさい」

深みに嵌っていく思考に、突如、父の声が割って入った。

「えっ？」

一瞬、なにを言われたのかわからず、那智はハッと顔を上げた。

完全に上の空になっていた彼女に、父と暁が視線を注いでいる。

「まもなく、始業時間だ。院長の娘が遅れては、示しがつかない」

「は、はい」

父に促されて初めて、時間を気にして時計を見上げた。

八時十分。

医事課の始業時間まで、あと二十分しかない。

「失礼します」

那智は父に頭を下げてから、くるりと背を向けた。

気を取り直してドア口まで行き、ドアレバーに手をかける。

ドアを開け、一歩外に踏み出した時……。

「そう言えば、院長」

暁が、改まった様子で、切り出した。

その声色に、やや硬さを感じて、那智は無意識に足を止めた。

「柏崎先生。最近姿を見ないと思っていたんですが、海外研修に行かれたそうですね」

「……!?」

彼の口を突いて出た、聡志の名。

そして、海外へ行ったという話に衝撃を受け、勢いよく振り返ってしまった。

「ん？　ああ」

まっすぐ質問を向けられた父が、デスクの上で両手を組み合わせて、彼を見上げている。

「病棟で耳にした噂だと、例のオペの後、院長から将来性を買われて、勧められた……とか」

やけにゆっくり、どこかねっとりと畳みかける暁に、那智は目を瞠る。

「柏崎君には多くの経験を積んで、もっと難しいオペにも挑戦してほしいんでね」

父から返事を受け、彼は口を噤んだ。

「ちょうどいい話をもらっていたし、彼にはほら……気分転換にもなると思ってね。最長二カ月程度で、業務にも支障はない。それが、なにか？」

「いえ……そうでしたか」

説明を続ける父に、抑揚のない声で淡々と被せる。

ふたりの会話に耳を傾け、完全に立ち尽くしていた彼女に、父が気付いた。

「那智。早く行きなさい」

促す言葉につられて、暁が肩越しに振り返った。

いつも以上に鋭く冷酷な瞳。

聞き耳を立てていたことを咎められているように感じて、那智は怯む。

「す、すみません」

サッと目を逸らし、首を縮めてドアを開けた。

廊下に出て、背で押してドアを閉める。

しかし、背後でどんな会話が続いているのか気になって、そこから立ち去ることができない。

「聡志が、海外研修に……」

この一カ月ほど、姿を見かけなかった理由が判明して、納得できた。

あのオペの成功を受けて、聡志が父から認められた。

喜ばしいことだ。

しかし……。

(だったら、なおさら。どうして……)

そんなタイミングで、なぜ別れなきゃならなかったんだろうか。

那智の胸は、ざわめいた。


月曜午前中の外来診療は、週半ばなどと比べて混雑する。

午前九時の診療開始を待って、受付前から、ロビーで過ごす患者も多くいる。

医事課でも、受付グループの始業時間は、十五分早い。

那智がオフィスに入った時、そちらの職員たちはすでにカウンターに出て、準備を進めていた。

午前八時半。

診療請求グループも始業時間を迎え、簡単な朝礼が終わると、十人の職員はデスクに戻っていった。

同僚の背を目で追いながら、那智も仕事に取りかかる。

外来診療開始前のこの時間は、診療報酬の計算作業はないため、受付グループのフォローが中心だ。

新患のＩＤ登録や、再診患者のデータ修正など、わりとゆったりと仕事を進められる。

「那智さん。このデータ登録、お願いできます?」

左隣のデスクの後輩、清水花代（しみずはなよ）が、クリアファイルに収まった受付票を差し出してきた。

「うん。ＯＫ」

那智は快く引き受け、右手でテンキーを叩きながら、左手だけ出して受け取る。

すると……。

「あ。結婚指輪!」

花代が、小さく歓声をあげるのを聞いて、ギクリと肩を動かした。

「……え?」

キーを打つ手を止め、彼女に顔を向ける。

花代の目は、那智の左手薬指に注がれている。

「そっか。先週末、ご結婚されたんですよね。麻酔の蓮見先生と！」

「あ、ああ……うん」

あまりしたい話題ではない。

那智は内心焦りながら、歯切れ悪く返事をして、周りを気にした。

やはり、ふたりのやり取りは、後ろのデスクの職員にも聞こえてしまったようだ。

「まあ。赤城さん、おめでとう」

背中合わせの席で、四十代のパート女性が振り返っている。

「もう赤城さんじゃないわね。蓮見さんって呼ぶ？」

その隣の先輩、中谷綾が、デスクに頬杖をついて、ニヤニヤしながらからかってくる。

那智の愛想笑いは、一瞬引き攣った。

「いえ……。仕事は旧姓で続けるので」

それだけ答えて、そそくさと前に向き直る。

「照れちゃってー」とクスクス笑う声を背に、なんとなく身を縮めた。

「でも、素敵な指輪。そっか、これ、蓮見先生とお揃いなんですよね……」

花代は隣から身を乗り出してきて、那智の指輪に目を凝らす。

「先生の方は、仕事中は外すんじゃないかな。邪魔だし……多分、騒がれるの嫌がるだろうし」

時々でも、院内で顔を合わせる機会があるのは、那智だけじゃない、彼女も一緒だ。

その時、暁の前で、同じテンションではしゃがれては——。

彼が鬱陶しそうに顔を渋く歪める様が想像できて、思わず身を竦める。

「あー。蓮見先生って、クールですもんね」

花代はうんうんと納得顔で、目線を天井に向ける。

「正直、那智さんと恋人同士だったなんて、想像つかないなー。あ。那智さんに限らず、恋人といる時は、どんな感じになるのか、って意味で。うわ～、彼女の前でだけデレるとか甘々になるとか、萌える～！」

返事を待たずに妄想を始める花代に、那智の頬はヒクヒクと痙攣する。

(ほんと、どんな感じになるんだろう。……愛する人の前では)

彼女の言う、デレて甘々な暁など、想像すら難しい。

でも、彼が〝萌える〟ギャップを見せる相手が、自分じゃないことだけは確信できて、思考は自嘲気味になる。

今までもこれからも、自分が暁に愛されることはない。

この結婚は、彼が父の後継者に納まるための、名目にすぎないのだから――。

那智は目を伏せ、口角を歪めた。

無意識に、皮肉めいた笑みが浮かぶ。

「？　那智さん？」

無邪気な花代は、那智が惚気て、甘々な暁の話をするのを待っていたのだろうか。

期待に反して、無言になる彼女を、そっと窺ってくる。

「あ、ごめん」

那智はハッと我に返り、ぎこちなく笑って返した。

「雑談、おしまい。そろそろ、診療始まるよ」

仕事の再開を促し、自分もまっすぐパソコンモニターを見つめた。

まだ、花代がこちらを気にしている気配をやり過ごし、新患のＩＤ登録を始める。

キーボードを叩くリズミカルな音を聞いているうちに、那智の意識は、先ほど院長室で聞き齧った会話に傾いていった。

ぼんやりと、聡志の顔を思い浮かべる。

（見かけない、と思ってたら、海外研修に行ってるなんて。……もう彼女じゃないんだし、教えてくれなくて、当然よね……）

胸がズキッと痛むのを自覚して、俯いて小さくかぶりを振る。

那智はまだ、彼との別れを受け止め切れていない。

しかし、別れ話から一カ月。

連絡も途絶え、病院で見かけることもなかったせいで、聡志がそばにいない日常に、荒療治ながら、慣れることができていた。

それなのに、昨夜彼の姿を網膜に描いてしまったのは、全部暁のせいだ。

暁との結婚を命じられた時は、確かに、聡志への想いを断ち切れずにいたし、すぐに他の男性を愛せるとは思えなかった。

でも、結婚するからには、少しずつでいい、心を寄り添わせていけたら。

そうやって気持ちを切り替えようにも、暁からは妻になることだけを求められた。

『あなたと結婚したら、もう彼と結ばれることはない。想いを断ち切れない方が、辛いのに』

あれは、自分を愛するつもりのない彼への、精いっぱいの反発だった。

（暁さんは、私に心を求めていない。形だけ夫婦になったって、愛し合うことを拒ま

れたら寄り添えない)

この一カ月で、この結婚はそれでいいのだ、と諦めがついていた。

だからこそ、結婚初夜、身体を要求される覚悟もなかった。

愛してもいないくせに、〝夫婦の義務〟と言って自分を抱く夫に悲しみばかりが募り、聡志の面影を追ってしまったことは、誤魔化しようがない。

だけど。

『お前を捨てた男に縋ってないで、俺によがれっ……』

暁が言うように、縋ってなどいない。

ただ、聡志はいつも愛してくれた。暁とは違って……。

──そう。

落ち着いて何度考えてみても、那智は、聡志の心が自分から離れたとは、どうしても思えずにいた。

なにせ、プロポーズからたったの一週間だった。

別れを告げたのは彼の方なのに、泣いていたのはなぜ?

謝罪を繰り返すばかりで、理由を言ってくれなかったのも、その後急に海外研修に行ってしまったことも、不可解でしかない。

聡志のことを考えると、思考が深みに嵌っていく。

なにか重苦しい感情が胸に広がり、那智は溜め息をついた。

(もうこれ以上、聡志のことを考えてちゃ、いけない)

心からすべて消してしまわなければと、自分を戒めるつもりだったのに。

『身体からも心からも、跡形もなく消してやる』

「……っ」

昨夜の、暁の不遜な言葉を連想してしまい、胸を掠める。

ドクッと心臓は騒ぐけれど、那智にとっては困惑の方が大きく、ドキドキと高鳴るには至らない。

(あれこそ、どういうつもりなの。なんであんな、独占欲みたいな言い方……)

暁の真意が読めず、戸惑いばかりが広がる。

もう、どこに心を持っていっていいか、わからない。

その日の昼食休憩時、先輩の綾と共に院内の職員食堂にやって来た那智は、そこにブルーのスクラブに白衣姿の暁を見留めて、足を止めた。

「どうしたの？　赤城さん」

並んで歩いていた綾が、一歩先に進む格好になり、不思議そうに振り返る。

しかし、すぐに、那智がなにに気を取られたのか勘付いて、「あ」と小さな声をあげた。

白衣のポケットに両手を突っ込み、メニューが展示されたショーケースを腰を曲げて覗いていた彼も、ふたりの気配に気付いた様子で、ふと、こちらに顔を向けた。

涼し気な瞳が那智を捉える。

しかし、その表情にわかりやすい変化はない。

「蓮見先生、お疲れ様です」

立ち尽くす那智を気にせず、綾は彼の方に歩いていった。

「あ」

那智はやや気後れしたものの、一歩遅れて後に続く。

「お疲れ様です」

恐らく暁は彼女を知らないだろうけど、那智と共にいて、同じ制服姿だ。

〝妻の同僚〟と認識したのだろう。淡々と挨拶している。

「それから、ご結婚おめでとうございます」

綾は、彼と那智に交互に視線を向けて、悪戯っぽく目を動かした。

「っ……」

那智はとっさに反応できず、口ごもったけれど。

「ありがとうございます」

暁は軽く目線を外して、抑揚のない声で礼を言った。

彼のクールで冷静沈着な人柄は、普段それほど接点のない事務員にも周知の事実だ。

お礼にしては素っ気ないものの、それも〝照れ隠し〟と受け取ったのか、綾は目を細めて「ふふっ」と笑った。

そして、少し離れて立っていた那智の後ろに回り、その背をトンと押す。

「わっ……」

不意打ちで、つんのめってしまった。

両腕で支えてくれた暁に、慌てて「すみません」と謝ってから、バランスを取り戻す。

「綾さん……？」

「赤城さん、お昼休憩、旦那様と一緒にどうぞ」

行動の理由を問おうと肩越しに振り返ると、そんな言葉をかけられる。

「……えっ⁉」

想定外の提案に、彼女の反応はたっぷり一拍分遅れた。

おかげで次の瞬間には、綾は「じゃあ、また後でねー」と歌うように言って、食堂に入って行ってしまっていた。

彼とふたり、ショーケースの前に取り残され、那智は黙ったまま、無意味に目を彷徨わせた。

暁は、綾の背を軽く見遣ってから、眉間にわずかに皺を寄せる。

「お前の同僚は、どうしてこういう、余計な気遣いをしたがるんだ」

溜め息交じりに呟くのを聞いて、那智は条件反射で背筋を伸ばした。

「すみません。私、先輩を追いかけますから」

勢いよく頭を下げ、ほとんどメニューを確認せずに、逃げ出そうとする。

しかし。

「いい。せっかくだ。一緒に食べよう」

「えっ……？」

後ろから肘を引いて止められ、弾かれたように振り仰いだ。

頭ひとつ分高い位置にある彼の顔を、戸惑いながら探る。

暁は、彼女からスッと目線を逃がした。

「結婚したこと、吹聴して回ったわけでもないのに、だいぶ知れ渡ってるんでね。相手が院長の娘なのもあって、嫌ってほど注目を浴びて鬱陶しい」

「だ、だったら」

「つまり、同じ時間に食堂にいて別々に食事をしてたら、それこそ余計な勘繰りをされるということ。……いいから、一緒に来い」

「あ」

そう言う横顔は苦々しく見えるのに、背を押す手の力はソフトだ。

鬱陶しいと言われながら、大人しく従うのも癪だけど、もちろん、那智に抵抗できるはずがない。

院内ではお互い〝有名人〟だから、彼の後について食堂に入ると、確かに注目されて視線を感じる。

ふたり揃って定食のカウンターに並び、やや肩を縮こめて料理を待っていると、

「あ、蓮見先生！」

空になったラーメンの器をのせたトレーを手にした、スクラブ姿の若い医師がふたり、こちらに寄ってきた。

暁の反応は、芳（かんば）しくはない。

彼らを覚えていないのか、『誰だっけ?』というような、訝し気な顔をしている。

那智は、ふたりの胸元にそっと目を遣った。

胸ポケットに留められたIDを見ると、どうやら研修医のようだ。

「僕、呼吸器外科の研修医の、長谷部と言います」

「僕は心臓外科の堤です」

研修医たちは、覚えてもらえていないのを気にすることなく、それぞれの所属と名前を名乗る。

暁がふたりに関心を示す様子はない。

しかし那智は心臓外科と聞いて、ここでも反射的に聡志を連想していた。

ついぼんやりする彼女を尻目に、

「蓮見先生。僕、この間の、僧帽弁狭窄症のオペ、見学ルームで拝見していました」

心臓外科の研修医、堤がやや興奮気味に話題を挙げた。

暁は無言で、ピクリと眉尻を上げる。

「あの患者、基礎疾患が多く、術前モニタリングでは、麻酔薬の選定に難航しましたよね」

どうやら、カンファレンスの場にいたようで、堤は熱心に言い募る。

「……そうだったな」

「先生が使用を決めた薬液も、調整が難しいものだった。でも、当日のオペでは、完璧な輸液コントロールで！」

暁は、頬を上気させて詰め寄ってくる彼を一瞥しただけ。

「ありがとうございます」

お礼は、料理を提供してくれた厨房職員に向けたものだった。

続いて那智にも皿が差し出された。

一瞬別の方向に思考を傾けていた彼女は、慌てて手を出す。

暁は、それを視界の端で確認したのか、

「悪いが、話はこれで。妻と昼食休憩なんだ」

さらりと話を切り上げ、研修医ふたりの前を通り過ぎる。

「え？　あっ！」

彼の言葉で、初めて那智に気付いたようだ。

ふたりからまっすぐ視線を向けられ、那智は身を竦めながら小さく目礼する。

「す、すみませんでした！　奥様がご一緒だったのに、不躾に……」

自分を見知っているのか、それとも暁が言っていたように、知れ渡っているせいか。

恐縮して頭を下げる彼らに、那智はぎこちない笑みを返す。

「いえ……。すみません、失礼します」

なぜかとても肩身の狭い思いで、そそくさとカウンターから離れた。

「……堤。お前、興奮しすぎ」

彼女の後方で、ふたりはコソコソと会話を続けている。

「だって……本当に、蓮見先生の循環コントロール、完璧だったんだ。さすが、院長が執刀するオペで、直々に指名された麻酔科医だな、って」

堤が、まだ興奮を抑えられずに続けるのが聞こえて、那智はピタリと足を止めた。

「院長が執刀……ああ、九月の。病院あげてＶＩＰ待遇だった患者のだろ？」

「そうそう」

思わず振り返って、ふたりに目を凝らす。

（そのオペって……）

立ち止まって気にする彼女には気付かず、彼らは下膳（げぜん）台に向かっていく。

「あのオペで第一助手に入った先生に、詳しく話聞けるの楽しみにしてたのに、その後すぐ、技術研修に行っちゃったんだよな」

（間違いない。聡志が志願して入ったあのオペだ）

確信した途端、胸がざわざわした。

那智は無意識に彼らを追いかけようとしたけれど、

「那智。なにをモタモタしている？」

すぐ頭上から低い声が降ってきて、条件反射で足を止めた。

弾かれたように振り返ると、暁が眉根を寄せて立っている。

「あ、暁さん」

「窓際の隅に席を取った。早く来い」

トレーを置いて、わざわざ那智を呼びに戻ってきた様子で、彼はそれだけ言ってすぐに踵を返す。

「はい。すみません」

先を進む白衣の背中を、那智は目線を下げて追いかけた。

でも、なにか胸が騒ぐ。

不穏な鼓動が、鳴りやまない。

（まさか、暁さんが聡志と一緒に、あのオペに臨んでいたなんて……）

外科医と麻酔科医、お互いオペ室という聖域を共有する関係だ。

珍しいことではない。

だけど……。

(考えてみたら、今朝、暁さんがお父さんに聡志のことを聞いたのも、違和感しかなかった)

他人に関心を向けない暁が、院長に質問するほど聡志を気にするなんて、らしくない。

先ほどの研修医たちを、まったく記憶に留めていなかった彼の方が、よっぽど彼らしい——。

不信感を強めて勘繰ってみて、ハッとした。

(もしかして……昨夜、聡志の名前を口にしたせいで、私が彼と付き合ってたことに気付いた?)

とはいえ、いくら同じオペでチームを組んでいたとしても、暁が聡志の下の名前まで記憶しているとは、正直信じ難(がた)い。

たとえ覚えていたとしても、それだけで、同じ病院で働く心臓外科医に結びつくとも思えない——。

「……那智」

小さな溜め息交じりの声が意識に割って入り、那智は我に返った。

いつの間にか俯いていた顔を上げると、先を行く暁の背は、先ほどよりも遠くなっている。

周りのテーブルで食事をしていた職員が数人、わざわざ振り返ってふたりを見遣っていた。

「注目されるのは鬱陶しい。さっき、そう言っただろ」

「！　ご、ごめんなさい」

テーブルを確保して戻ってきてくれたのは、大きな声で那智の名を口にして、無駄に周りの気を引くのを、避けるためだろう。

それなのに、上の空で立ち尽くす彼女に痺れを切らし、名前を呼んだ。

今、どれほど不機嫌になっているか察して、那智は慌てて彼の方に急いだ。

彼女が追いつくのを見て、暁は無言で背を向ける。

ビシバシと浴びせられる視線を撥ね返そうとしているのか、いつもより姿勢よく颯爽と歩く彼に、申し訳ない気分になったものの――。

『悪いけど、話はこれで。妻と昼食休憩なんだ』

院長の娘との結婚を、あれこれ詮索されるのを嫌がるわりに、自ら口にして、研修医たちの話の矛先を逸らしたのは……。

（もっと避けたい話題があって、警戒したから……？）

それがまさに、あのオペのことだったのだろうか。

——なんだろう。

なにか、腑に落ちない。


午後、ＩＣＵの患者が急変したと連絡があり、暁は救命措置に追われた。

夕刻になってなんとか持ち直したものの、酸素を十リットル投与して、人工呼吸器で呼吸を管理。

他にもありとあらゆるモニターが繋がれていて、予断を許さない。

午後九時半過ぎ。

夜勤の医師に引き継ぎをして、ようやく病院を出ることができた。

帰宅した時、時計は午後十時を回っていた。

那智が夕食を用意してくれていたが、それは断り、早々に入浴を済ませて、ひとり書斎にこもった。

週初めから、疲れ切っていた。

黒い革張りの高級なチェアに脱力気味に腰かけると、座り心地が良すぎて、沈んでいきそうになる。

しかし、今日はまだ考えたいことが残っている。

眠ってしまわないように、暁はやや古いタイプのオーディオデッキを操作した。

この時間に聴くには少々騒々しいけれど、オーケストラの壮大な交響曲をセレクトする。

リビングに音が漏れないよう音量を調節して、シートにグッともたれかかった。

無意識に、「ふう」と声に出して、息を吐く。

喉を仰け反らせて天井を仰ぎ、そっと目線を動かす。

八畳の広さがある書斎は、壁一面、天井まで届くスライド式の書棚が据えつけてある。

びっしりと並ぶ医学書は、ほとんどが麻酔に関するものだが、その他、集中治療、様々な外科手術の関連書も揃っている。

厚さも不均一の本の背表紙のタイトルは、日本語以外に英語、ドイツ語で表記されている。

それをぼんやりと視界の端に映してから、暁はギュッと目を閉じた。

視覚を遮断し、聴覚が捉えるシンフォニーに意識を集中させようとするが——。

今朝、自らが放った質問に対する院長の返答が、頭の片隅に蔓延ったままだ。

(確かに柏崎には、すべてにおいて必要だろう)

暁は自分にそう言い聞かせ、両方の目頭を二本の指でグッと押した。

あのオペの直後から、海外研修に行っている柏崎。

那智が話を聞いているのに気付き、行き先を追及できなかったせいで、今頃になって気になる。

(研修に行かせるからには、それ相応の技術を誇る医師がいる病院に違いない)

心臓外科に定評がある病院名を、頭の中で思い描く。

必然的に、前任のデュッセルドルフの大学病院の名が挙がった。

いやがおうでも、ひとりのドイツ人男性の姿が、網膜に浮かび上がってくる。

デュッセルドルフで、彼が最後に麻酔科医を担当した心臓外科手術で、執刀医を務めた四十代半ばの医師だ。

心臓外科界では名の知れた〝名医〟だが、普段は温和な性格で、暁が個人的に親しくしていた〝恩師〟でもある。

一年半という短い在籍期間で、公私共に多くの時間を過ごした。

(気分転換……)

しかし、ある一瞬を境に、彼に関する記憶はすべてが真っ黒に染まった。

(思いつく限り手を尽くしても、回復しない血圧。急速に弱りゆく自己心拍。恐怖を煽る、機械的なモニター音。心臓が凍るような、けたたましいアラーム……)

オペ室で、全身が総毛立つ思いを味わったのは、あれが初めてだった――。

暁がチェアを軋ませて、背を起こすと同時に、

「暁さん。……あの」

遠慮がちなノックと那智の声が聞こえた。

条件反射で、息をのむ。

「暁さん？」

返事がないからか、一度目よりも強いノックの音。

暁は一度かぶりを振って、全身に走った不快感を霧散させた。

「……どうぞ」

やや掠れた声で応答すると、静かにドアが開き、隙間から那智が顔を覗かせる。

「暁さん。お邪魔していいですか」

窺うような声色に、緊張の気配を感じる。

「……なんだ。お前から俺に近寄ってくるなんて」

そう返す暁もまた、彼女の用件がなにかを探っている。

那智は書斎にサッと目を走らせてから、身を滑らせるように入ってきた。

背で押してドアを閉めると、思い切った様子で顔を上げる。

「聞きたいことが、あって」

彼女の改まった口調に、暁は無言で眉根を寄せた。

「なに？」と聞き返した声には、警戒心が滲み出ていた。

「暁さん、今朝、父に聞いたでしょう？　……柏崎先生のこと」

言葉を選びながら、たどたどしく訊ねてくる彼女に、ピクリと眉尻を上げる。

「……それが？」

暁は長い足を組み上げ、床に着いた足を軸に、くるりとチェアを回転させた。

ドアの前に立つ那智に、真正面から向き合う。

「その……暁さんが他の人のことを気にするなんて、珍しい気がして」

彼の目力に怯み、視線を逃がしながらも、那智は質問を重ねてくる。

（柏崎が那智の元恋人だと、俺が気付いたかもしれない……と、疑ったのか）

暁は腕組みをして、彼女の心を測った。

「最近、病棟でもＩＣＵでも見ないから。辞めたのかと思ってただけだ」

「辞めた……って」

会話が長引くのを避け、わざと素っ気なく言った言葉を、那智が怪訝そうな顔で反芻する。

「研修とか出張とか、長期不在になる理由は他にあるのに。どうして、真っ先に辞めたなんて思ったんですか?」

「……っ」

目に力を込め、不信感を漂わせる彼女の前で、暁は不覚にも返事に窮した。

確かに、彼女の指摘通りだ。

失言を自覚し、上手い言い訳を探して目線を彷徨わせる。

口を噤む彼の前に、那智が思い詰めた表情で、つかつかと歩いてきた。

「先月初め……父が執刀したオペ。暁さんも、麻酔科医としてオペ室に入ったんですよね?」

「!　那智、なんでそれを」

暁は弾かれたように、大きく顔を上げた。

しかし、答えを待たずに合点する。

(昼間の研修医たちか)

舌打ちしたい気分に駆られるが、かろうじてのみ込んだ。

「オペでチームを組んだ後、柏崎先生を見かけないから、気になってたんじゃないですか？」

硬い声でグイグイと踏み込んでくる彼女を、喉を仰け反らせて仰ぎ見る。

「……どうして？」

「え？」

「先に言った通り、オペで関わったというだけで、暁さんが、まだ新米の外科医を気にかけるなんて……」

目線を逃がし、自分の中の疑問を確認するように続ける彼女を、暁はハッと浅い息を吐いて遮った。

「いつまでも気にかけてるのは、俺じゃなくお前だろう」

顔を背け、手で口を覆い、彼女への嫌みを押し殺す。

「え？」

当惑顔で聞き返されて、無言でかぶりを振った。

「お前の中で、俺がどれほど冷酷で心無い男か、手に取るようにわかった」

今度は憚りなく皮肉で返すと、那智も一瞬口ごもった。

「すみません。そういうわけじゃ」

急に勢いを引っ込め、両手の指を絡めながらモゴモゴと呟くのを横目に、暁はチェアをギシッと鳴らして立ち上がった。

デスクの上からオーディオデッキのリモコンを手に取り、結局全然傾注できなかった音楽を止める。

「あ」

那智は、音がやんで初めて、音楽がかかっていたことに、神経が働いたようだ。

オーディオデッキに目を遣る彼女を、暁は視界の端で捉えた。

「確かに俺は、院長と柏崎がメスを振るったあのオペに、麻酔科医として参加していた」

意識的に淡々と告げると、那智がゴクッと喉を鳴らす。

「オペは無事成功して、患者もすでに退院した。院長から手技を称賛された柏崎は、より高度なオペにも対応できるようにと、海外研修に行かせてもらっている」

暁は息継ぎもせずに早口で言って退けてから、再び彼女に顔を向けた。

「それで、いいじゃないか。いったい、なにが不審だ?」

ズバリ、遠慮なく問うと、那智は指を組み合わせた両手を、ギュッと握りしめた。

「不審、なんて。でも、なんだか……」

言葉とは裏腹に、納得できずに揺れる心が、わかりやすい。

それを見て、暁は目を伏せ、肩を動かして息を吐いた。

顎を撫で、わずかの間思案してから、

「本当は、彼のミスで、無事成功なんて言えたもんじゃなかった」

ポツリと呟く。

「っ、えっ……!?」

一拍分の間の後、那智が大きく目を瞠った。

『無事成功した』と告げても納得しないわりに、『彼のミス』があったと聞かされても信じられないといった反応に、どうしようもなく不快感が募る。

暁は鷹揚に腕組みをして、彼女の前で胸を反らした。

「院長は柏崎を庇い、俺を含めオペに関わった人間に箝口令を敷いた。首の皮は繋がったものの、柏崎にしてみれば、このまま病院に居座るのも厚かましい。……それが、普通の感覚だろ」

わざと辛辣な言い方をしてでも、傷つけたくなる。

「っ――

「だから、辞めて逃げたんだろうと思った。どうだ？　この方が、お前にも、理屈に適って聞こえるか？」

意図的に感情を殺し、冷笑しながら皮肉ると、那智は頬にカッと朱を走らせた。

「柏崎先生は、ミスして逃げるような人じゃないっ‼」

絞り出すような声で叫び、詰め寄ってくる。

両手でドンと暁の胸を叩くほど、気色ばむ彼女に、彼は一瞬虚を衝かれたものの……。

「どうして俺の言うことを信じず、柏崎を庇えるんだ、お前はっ……‼」

完全に、彼女の剣幕に煽られていた。

腹の底から吐き出した怒声を浴びせると、那智もハッと息をのむ。

そして、「違う、違うんです」と、激しく首を横に振った。

「か、庇うわけじゃなくて。ただ、そんな人じゃないから……」

激昂する彼に怯えた様子で、取ってつけたような言い訳を口走る。

しかし――。

不甲斐なさ、もどかしさ、無力感。

息が詰まるほどの悲しみと、怒り、そして憎しみ――。

たくさんの感情が荒ぶり、暁の中で堰を切って溢れ返った。

そのすべてが、自分の妻になってもなお、那智が信頼を寄せる柏崎への妬心(としん)となり、一気に押し寄せる。

濁流にのみ込まれそうな気分になって、暁は大きくぶるっと肩を震わせた。

無我夢中で縋るものを探し、今にも泣き出しそうに顔を歪めている彼女を、強引に抱き寄せ……。

「あき……！」

名前を呼びかけた声を、乱暴に唇を奪って封じ込める。

自分の意志では到底抑えられない、胸を掻き毟(むし)りたくなるほどの渇望を剥(む)き出しに、尖らせた舌で、彼女の口内を掻き乱す。

「んっ、あっ……あき、ら」

声はくぐもって途切れ途切れなのに、胸に置かれた彼女の手に、引き剥がそうとするような力がこもる。

彼女の抵抗が、荒れ狂う心にさらなる渇きをもたらす。

暁は潤いを求めて、那智を力任せにチェアに押さえつけた。

抗う術もなく、ドスンと座り込んだ彼女に覆い被さる。

有無を言わさず、部屋着の裾を捲って、ブラジャーに包まれた胸を鷲掴みにすると……。

「やあっ……！」

那智は、ビクンと身を震わせて、身体を強張らせた。

「暁さん、嫌。やめて！」

必死に両手で暁の腕を掴み、足をばたつかせる様が、今はむしろ彼の嗜虐心を煽る。

暁が一気にブラジャーをずり上げると、すでに固く尖っていた胸の頂に切ない刺激を与えたようで、那智は背を撓らせた。

「っ、あんっ……‼　暁、さ」

薄く涙の膜が張った瞳で見上げられ、暁は思わず身震いする。

「は、は」

わずかに背を起こし、ザッと前髪を掻き上げ間合いを取って、せり上がってくる官能の渦にのまれそうになるのを堪えた。

彼女の腰の横に膝をつくと、ふたり分の体重に耐え、チェアがギシッと悲鳴のような音を立てて軋んだ。

「那智、目を逸らすな。俺だけ見てろ」

挑発的な一言と同時に、乱れた呼吸で上下する彼女の胸に顔を埋め、愛撫を施す。

「暁さ……あっ！」

那智は、喉を仰け反らせて叫んだ。

「っ……那智っ……」

彼女に触れると、身体と欲望は満たされるのに、彼の中で膨れ上がるのは、相反する、とめどない虚しさだった。

求めても求めても、彼女の中の柏崎が消えない。

彼の心は、ますます空虚になっていく。

渇望は満たされず、潤いを得られないまま干上がり、耐えようのない飢餓となる。

だから、求める——まるで、無限のループ地獄だ。

（那智より先に、俺の方が絶望を見るんだろうか……）

暁は那智の身体を貪る自分に、歯止めをかけられずにいた。

不穏な再会

十月最終週の土曜日。
午前中の診療が終わった。
最後に取りかかったレセプトを完了させて、那智は両腕を前に突き出した。
「んーっ……」
身体を伸ばし、無意識に声を漏らす。
「今日、混みましたねー」
隣の花代も、ちょうど同じタイミングで仕事を終えていた。
那智につられたように、首と肩を回している。
彼女には軽く相槌で応え、那智は左手首の腕時計に目を落とした。
午後一時を、少し過ぎている。医事課の終業時間だ。
背中合わせの島では、綾がすでにパソコンをシャットダウンしている。
それを見て、那智もデスクの上を片付け始めた。
ふたりの先輩に遅れまい、とするように、バタバタと帰り支度を始めた花代が、

「あ、那智さん」と呼びかけてくる。

「ん？」

「今日、この後ランチどうですか？　少し遅くなったけど、結婚祝いってことで！」

「あ……」

彼女の申し出に、那智は返事を濁した。

首を傾げている花代に、「ごめんね」とぎこちなく笑ってみせる。

「この後、蓮見先生と約束していて……」

今日は、お互い午前中のみの勤務。明日は揃って公休だ。

結婚して初めて、まともに休みが被った週末。

朝、出掛けに暁がこう言った。

『せっかく天候のいい季節だし、近場で温泉旅行にでも行かないか』

まさか、旅行に誘われるとは思ってもみなかった。

しかも、当日の朝。

もちろん、なんの準備もしていない。

それを理由に渋ったものの――。

『たった一泊だ。着替えや必要なものは、途中で購入すればいい。構わないだろ』

暁の中では、すでに決定事項だ。

那智がなにを言っても、覆るわけがない。

『はい』と、従順に了承するしかなかったけれど、宿に着いてから……主に夜のことを考えると、どうにも気が重い。

(温泉宿で一泊。きっと、今夜も……)

新婚生活開始から、三週間。

翌日の午前中にオペの予定がない夜、暁はいつも那智を求める。

麻酔科のエースと呼ばれる彼は、平日の多くの時間をオペに費やしているため、毎晩ということにはならない。

でも、特に、午前中から夜まで入りっ放しになる長いオペを終えた後は、一種の精神的興奮状態にあるとかで――。

『疲れを凌駕(りょうが)するほどのアドレナリンが分泌されて、性欲が強まる』

――という理由で、通常よりも激しい行為となる。

那智の感覚では、もう毎晩求められているのと同然。

身体に残る疲れは、幸せな気怠(けだる)さとはほど遠い。

それが、今夜も……と考えたら、花代への返事も、不自然なくらい歯切れが悪くなる。

しかし彼女は、那智が〝旦那様と仕事帰りのデート〟を理由に断るのを、照れていると捉えたようだ。

「あ、そうなんですね！」

ポンと手を打つと、なにやらニヤニヤして、椅子ごと近寄ってくる。

「結構仲良しですねー。……蓮見先生との新婚生活、どんな感じですか？」

内緒話をするみたいにコソッと訊ねられ、那智はギクッとして手を震わせた。

「ど、どんなって」

目をキラキラさせて詰め寄ってこられ、タジタジになって背を反らして逃げると、後ろで綾がクスクス笑い出した。

「清水さん。新婚生活の感想なんて、野暮なこと聞かないの」

花代を窘めているようで、自分がからかわれているようでもあり……。

「綾さんまで……」

顔をしかめて振り返る那智に構わず、花代は不服そうに、「だって～」と抗議している。

「病院一クールな、あの蓮見先生ですよ？　綾さんだって、家ではどんな感じなんだろう、とか考えません？」

「人の目がないんだし、赤城さんとふたりなら、寛いだ顔ぐらいするでしょ」

この間、綾と一緒に職員食堂で鉢合わせした時、暁が素っ気なかったのは、職場だからと解釈しているのだろう。

なにか居た堪れず、那智は片付けを急いだ。

「それじゃ、私……」

腰を浮かせようとしたタイミングで、バッグの中でスマホがブブッと振動する。

「っ」

反射的に取り出して着信を確認すると、まさに暁からのＬＩＮＥメッセージだった。

【着替えを済ませて、麻酔科医局に来い】

内容は、この後の指示だ。誘われはしたものの、どこでどう落ち合うかとか、具体的なことは言われていなかった。

「蓮見先生ですか～？」

花代は興味津々で探りながら、スマホを覗き込もうとしてくる。

那智はギョッとして飛び退き、

「お先に失礼します！」

バッグにスマホを捻じ込み、立ち上がった。

「あ、逃げたー」

「ふふ。お疲れ様」

不満げな花代と、含み笑いの綾に頭を下げて、そそくさとオフィスを出た。

暁の指示通り着替えを済ませ、まだポツリポツリと患者の姿が見受けられる、広々とした外来のロビーを突っ切って、入院病棟のエレベーターに回る。

麻酔科医局は、オペ室やＩＣＵがある救急棟の四階にある。外来棟からだと、一度入院病棟に上がり、三階の渡り廊下を通るのが早い。

エレベーターに乗ると、暁からのメッセージに返信していないのを思い出し、スマホを取り出した。

【今、向かってます】と入力し、エレベーターを降りたところで送信する。

送信完了とほぼ同時に、メッセージに既読表示がついた。

どうやら、彼の方も仕事を終えているようだ。

（急がなきゃ）

那智は急ぎ足で、渡り廊下に踏み出す。

待たせてはいけない。

上手く説明できない義務感に急き立てられ、駆け出しそうになるのをなんとか堪える。


せかせかと、やや大きな歩幅で歩く彼女の向かう先から、スーツ姿の男性が現れた。

この渡り廊下で、白衣やユニフォーム姿でない人と出くわすのは珍しい。

無意識に目線を動かし、那智はハッとして足を止めた。

その気配が伝わったのか、男性もこちらに顔を向ける。

そして――。

「……！」

目が合った瞬間、彼女の心臓がドクッと沸き立った。

「聡志……」

「那智」

互いに名を呼ぶ声が被った。

ふたりして立ち尽くし、距離があるまま、視線を交錯させる。

（海外研修から、帰ってきたんだ……）

聡志は、病院を辞めたわけではない。

研修期間は最長で二カ月というのも知っていた。

彼が帰ってきたら、またこうして、バッタリ会うことがあるのはわかっていたのに、那智の鼓動はドキドキと音を立てて加速する。

泣きながら別れに応じたあの日以来、初めて見る彼を前に、緊張が走る。

もう恋人ではない聡志と、どう接していいかわからず、那智は俯いた。

リノリウムの床が、きゅっと音を立てた。

彼の革靴の底が鳴らした音だと気付き、反射的に息を止める。

おずおずと顔を上げると、伏し目がちに歩いてくる聡志の姿が目に映った。

距離が近付くごとに、那智の心拍数は上昇する。

「あ……」

彼がすぐ目の前まで来た時、掠れた声が漏れた。

「あの、お帰りなさ……」

今は、職場を共にするだけの他人同士でも、普通の挨拶はしてくれると思っていた。

しかし、聡志は彼女を一瞥しただけで、無情にも通り過ぎていく。

（え……？）

彼が残した微かな風が、やけに頬に冷たく感じる。

「ま、って……！」

那智は、弾かれたように振り返り、呼び止めていた。

聡志がピクリと肩を動かして反応し、両足を揃えて立ち止まるのを見て、ゴクッと唾を飲む。

挨拶すら返してくれないのがショックで、つい呼びかけてしまったものの、いざとなると、なにを話していいかわからない。

話題を探して曖昧に目線を彷徨わせていると、聡志が静かにこちらを振り返った。

「元気、だった？」

〝言わせた〟とわかっていても、彼の口から返してもらえただけでホッとする。

「う、ん」

なにか込み上げるものを感じて、短い返事が胸につかえる。

それでも、那智は思い切って、足を踏み出した。

「海外研修、行ってたって聞いた」

聡志の前で立ち止まると、わずかな間の後、彼が短い息を吐いた。

「……そっか」

抑揚のない返事に、那智は一度頷いて返す。

胸苦しいほど鼓動が昂り、無意識に左手を胸に置いた。

「いつ、帰ってきたの？」

「昨日。今日は、院長に、帰国の挨拶に来ただけ」

聡志はそう言いながら目線を下げ、

「……那智、その指輪」

眉間に皺を寄せ、ポツリと呟く。

「え？　……あっ」

探るような低い声に導かれ、那智は、彼の視線が自分の左手に向けられていることに気付いた。

薬指には、暁との結婚指輪が嵌められている。

「もう……結婚したの」

聡志が、やや呆然と独り言ちた。

那智は無意識に左手を背中に回し、指輪を隠した。

彼と別れた後、すぐの結婚。変わり身が早いとか、思われたくない。

「あの、これは……」

早すぎる結婚を説明する、上手い言葉を探そうとした。

しかし——。

（説明して……言い訳して、なんになるの）

自分がとても無駄なことをしているのに気付き、唇を噛んだ。

結局、彼とまともに目を合わせられないまま、顔を背ける。

「院長に挨拶に行くところなのに、呼び止めてごめんなさい。私も、この後約束があるから……」

肩を縮め、そそくさと通り過ぎようとして、

「那智、待って」

聡志に肘を引かれ、足を止めた。

「約束って、蓮見先生と？」

「え？」

どこか尖った硬い声で訊ねられ、彼を仰ぎ見た。

怒っているような険しい瞳にドキッとしながらも、なにかザラッとした違和感が、肌を撫でる。

「どうして、知ってるの？」

那智は少しためらった後、たどたどしく質問で返した。

「え？」

「私の結婚相手が、蓮見先生だって。だから、そんな質問するんでしょ？」

「……っ」

聡志はハッと息をのんで、返事に窮す。

その反応を確認して、那智はそっと腕を引き、彼の手から逃れた。

「聡志と別れた後……突然決められたことよ。聡志は海外研修に行ってて、知らないはずなのに」

不穏にざわめく胸に手を当て、畳みかける。

「それは、その……研修中……院長に定期報告をする中で」

落ち着きなく目を彷徨わせて返事をする彼を、かぶりを振って否定した。

「嘘。父がなんのために、聡志に私の話なんかするの？」

「！　それは……」

聡志は、勢いよく顔を上げた。

しかし、喉まで出かかった言葉をグッとのみ込み、口を閉ざしてしまう。

（聡志、どうしちゃったの。いったいなにがあったの）

聡志には、聞きたいことも言いたいことも、数えきれないくらいたくさんあった。

今やっと、こうして顔を見て聞けているのに、答えてもらえないどころか、誤魔化し、はぐらかされる。

「聡志は……別れた私のことなんか、もうどうでもいいかもしれないけど」

別れを告げられたあの時からずっと抱えていた、遣り場のないやるせなさが、大きく膨れ上がっていく。

「聡志がいてくれたら、私が蓮見先生と結婚することはなかったのに」

絞り出すように声を漏らし、脇に垂らした手に力を込める。

握った両拳を、彼の胸にドンと押しつけた。

聡志が片目を瞑って、顔を歪めるのにも構わず――。

「なのに、どうして。どうして私、愛し合うこともできない人の妻になって、何度も抱かれなきゃいけないの……⁉」

ずっと胸で鬱屈させていた想いが、堰を切って溢れ返る。

「っ……」

聡志が、喉の奥をひゅっと鳴らして息をのんだ。

動揺したように、目線を彷徨わせる。

暁との結婚生活のことなど、誰にも知られたくない。もちろん、聡志には絶対に。

それでも那智が激情を迸らせたのは、彼の情に訴えたかったからだ。

少しでも憐れんで、心を揺らしてくれたら——どうしてこんなことになったのか、教えてほしい。

那智は彼に、一縷の望みを託した。

「……ねえ、なにか言って？」

しかし聡志は、なにか言いたげに口を動かしたものの、結局唇を噛んで目を伏せてしまう。

そんな彼に、那智は失望を隠せなかった。

「もう……なんとも思ってもらえないの……」

ポツリと独り言ち、俯いて踵を返す。

聡志が息を殺して自分を見つめているのを、気配で感じる。

那智は、床を踏みしめて歩き——。

救急棟に入ると、背中に注がれる彼の視線を断ち切るように、階段を駆け上がった。

暁が運転する車で病院を出てから三時間ほどで、関東でも有数の温泉地に到着した。

彼が予約していたのは、この温泉郷でも屈指の高級旅館だった。

チェックインを済ませて本館を出て、優美な日本庭園を突っ切った先、離れにある貴賓室に入った。

十二畳の本間と、大きな畳ベッドが二台置かれた次の間。

四畳ほどの広縁の向こうに、手入れの行き届いた前庭が広がっている。

客室専用露天風呂は、家族四人でも十分な広さがある立派な石風呂で、西に傾く夕日に照らされていた。

豪華な貴賓室に、那智の心も一瞬華やいだものの……。

（素敵なお風呂……一緒に入るってことよね……）

温泉旅行に連れ出された時点で、ある程度の覚悟はできていた。

だけど、病院で聡志とバッタリ会ったすぐ後で、那智の胸にはざわざわするさざ波が立ったままだ。

自分で、『愛し合うこともできない人』と言ってしまったせいだ。

暁に肌を晒す自分がふしだらで、彼との行為がとんでもなく背徳めいて感じられ、怯む気持ちを抑えられなかった。

ところが、お茶を飲んで休憩した後――。

「客室風呂はいつでも入れるから、まず本館の大浴場に行ってみよう。風呂が済んだら、夕食まで、浴衣を着て散歩しないか」

散歩だなんてのんびりした提案は、意外だった。

最初から、暁がなぜ突然、温泉旅行などと言い出したのか、わからずにいた。

那智はひとり、広く立派な大浴場でゆったりと湯に浸かる間、その真意を探ったけれど、先に上がっていた浴衣に羽織姿の彼を見つけて、ほんの少し疑心が緩んだ。

水を飲んで一息つく横顔が、見たことがないくらい寛いでいたからだ。

初めて見る和やかさに、那智の心のさざ波も静まった。

そうして、彼との旅行を楽しんでみようと、気持ちを切り替えることができた。

夜になって寒さが強まる前に、ふたり並んで庭園を散策した。

そのまま食事処に寄って、上品な懐石料理と地酒を堪能した。

離れの貴賓室に戻ってきたのは、午後七時を過ぎた頃だ。

本間の奥に進み、広縁から灯篭(とうろう)の明かりに彩られた前庭を眺める暁を、那智はそっと窺った。

お茶を淹れようとする手を止め、思い切って彼の隣に歩いていく。

「あの……」

「なんだ」

暁は腕組みをして、庭から目を離さずに応じた。

「今日の暁さん、ゆったりですね」

「え?」

「いつもと違って、のんびりというか……」

上手い言葉を探して言い淀む彼女を顎を引いて見下ろし、「ああ」と相槌を打つ。

「温泉って、そういう場所だろう」

さも当然といった口調に、那智は思わず目を瞬(またた)かせた。

彼の方は、そんな反応をする彼女が怪訝そうに、眉をひそめる。

「違うか?」

「い、いえっ。そうですよね」

慌てて同意を示して、那智はホッと息を吐いた。

「忙しない日常から離れて、ゆっくり心を休める場所」

暁はそれには答えず、庭に視線を戻した。

黙って顎を撫で、灯篭の揺れる明かりを見据えている。

晩秋の夜風が木々の梢(こずえ)をザアッと鳴らす音と、虫の声だけが聞こえる、離れの貴賓室。

無言でなにか思案する暁と、彼がなにか言うのを待って息を潜める那智の間に、微妙な沈黙がよぎる。

　どのくらい待った後か——。

「……俺も、なにもかもから離れて、休まりたい」

　煙に巻くような言い方をして、暁はふいと窓辺から離れた。

「え？　あ」

　とっさに振り返る彼女に背を向け、広縁を出て、ベッドのある次の間に入って行く。

　那智は彼を追って、襖口で立ち尽くした。

　暁はベッドサイドに腰かけて、自分の手に目を落としている。

　彼女の姿も、目に入っていない様子だったけれど……。

「こっち、来い」

　ゆっくりと顔を上げ、流してくる視線に誘われ、那智は足を踏み出す。

　目の前まで進んだ途端、腰を抱き寄せられ——。

「んっ……暁さ」

　骨ばった長い指が背筋を上ってきて、身体が意志に関係なくビクンと反応した。

「休まりたい、って。疲れてるんじゃ」

　胸元から喉を仰け反らせて自分を観察する彼を、制止しようとする。

しかし、暁は手に力を込め、彼女の背中を自分の方に押した。

那智の身体が、いやおうなく前に傾く。

そして、それを待ち構えていた彼と、唇がぶつかった。

「ん、ふっ……」

唇をこじ開け、追い詰めてくるのは彼の方なのに、まるで自分からキスをしているような体勢だから、羞恥心が強まる。

「……ああ、そうだな」

暁が、唾液の糸を引きながら離した唇を、そんな形に動かした。

「いい加減、妻に探られるのにも探るのにも、疲れた」

濃厚なキスに溶かされかけた那智の頭は、どこか謎めいた言い方を、理解できない。

「あき……？　ひゃっ……」

意味を問おうとして呼びかけると同時に、腰を抱かれたままぐるんと回転させられ、あっという間にベッドに横たえられていた。

自分を組み敷く暁の背中に、煌々と灯った天井の明かりが注いでいる。

たわんだ袷からチラチラと覗く鎖骨から首筋のラインが、いつもより凶暴な色気を湛えていて、とても正視できない。

思わず目線を横に流すと、

「那智」

まるで、『逃がさない』と言うように、暁が形のいい顎を傾け、ゆっくり唇を重ねてきた。

「んっ、ん……」

いつもが嘘みたいなスローなキスに、自然と目蓋が下がる。

彼女の頭を抱え込む彼の腕に、無意識に両手をかけた。

今朝は、夜にはまたこうなることを憂鬱に思っていたのに、不思議と嫌じゃない――。

恍惚としかけたその瞬間、目蓋の裏に聡志の姿が浮かび上がった。

愛していない夫との行為に身を堕とす自分を、冷ややかな目で見られている錯覚を覚え……。

「……っ」

反射的に息をのんだ。

心臓が凍りついたように縮こまる。

「なにを考えてる？」

彼女の舌を吸っていた暁に、気配を気取られてしまった。

「っ、え？」

「……誰を、想ってる？」

心の奥底まで探る瞳を前に、取り繕うこともできない。

那智は答えられず、瞳を揺らした。

そんな彼女に、暁はふっと眉を曇らせ――。

「那智。いい加減、諦めろ」

勢いよく浴衣の袖を抜いて、彼女を固く抱きしめた。

「もう一生……お前を抱くのは、俺だけなんだから」

微かに震える吐息交じりの声が、那智の鼓膜に刻まれる。

「あき……」

なぜか、縋られているように感じて、当惑している間に、浴衣の袷をはだけられていた。

夕食時の地酒でやや火照った互いの肌がぴったりと重なり、それだけで那智の身体は切なく戦慄いた。

彼の手が、唇が触れるところすべてが、一瞬にして熱を帯びる。

結婚してからほぼ絶え間なく、堪らない悦楽を植えつけられてきたせいだ。

噛み合わないまま、強引に動かされた歯車は、今でもなお、歪な不協和音を掻き鳴らし続ける。

不快なノイズに邪魔され、ふたりの心の溝は埋まらないのに、彼の体温や感触を、もう肌で覚えている。

夫婦でありながら、互いの真意を探り合わねばならないほど心は遠いのに、身体ばかりが馴染みすぎた。

愛し合う必要のない夫婦なのに、こんなに求められるのはなぜだろう。

彼の追求は、狂おしいほどの飢餓を鎮めようとしているようで、胸が詰まる。

苦しくなるくらい激しい欲求の的にされて不可解なのに、那智の胸はきゅんと疼く。

しかし——。

(諦めろって、どうして……)

まるで自分を独占しようとするようなその言い方も、どうしても腑に落ちない。

休暇明けの月曜日、朝八時。

暁はロッカー室でシャツを脱ぎ、頭から勢いよくスクラブを被った。

裾を腰元まで引っ張り下げて着替えを終えると、足元に置いた大きな紙袋に、なんとなく目を落とす。

無意識に、溜め息が漏れた。

この週末――。

少しくらい普通の夫婦らしい休暇を過ごしたいと思い、暁は那智に合わせて、希望休を取っていた。

休暇が確定してから、様々なコネクションを駆使して、関東近郊の高級温泉宿の予約をした。

離れの貴賓室はリクエストベースだったが、当日、宿に着いてみると、運良く空きが出たとのことで、想像以上に豪華な客室が用意されていた。

夫婦水入らず、初めての温泉旅行――。

出かける朝まで那智に黙っていたのは、前もって言ったところで喜ばれないことはわかっていたからだ。

そもそも、彼女を喜ばせようとか、機嫌を取ろうなどと考えたわけでもない。

自分でも、なんの気まぐれだと思わないこともなかったが、那智に『忙しない日常から離れて、ゆっくり心を休める場所』と言われてハッとした。

その時初めて、急ぎ、焦り、絶望に突っ走る自分に疲れていたことに気付いた。

『俺も、なにもかもから離れて、休まりたい』

なにも考えず、警戒心すら忘れて心の声が漏れた。

しかし、彼女の中にいつまでも消えない柏崎の影に、妬心を煽られる。

結局、肌を重ねながら、互いに探り合うだけで、夜が過ぎていった――。

なんとなく苦い思いを残して迎えた朝。

『職場に、お土産買っていかなきゃ』

帰り際、旅館の売店に立ち寄った那智が、当然のようにそう言った。

『旅行の思い出は、お裾分けしないと』

彼をそっちのけに、女性ばかりの医事課に持っていく土産を選ぶ彼女に、ほんのちょっと呆気に取られた。

（俺に抱かれただけの旅行なんて、いい思い出にもならないだろうに。同僚に聞かれたら、なんて話すつもりなんだか……）

『楽しかった』と、嘘をつくのだろうか。それとも、『温泉がよかった』とか、『部屋が豪華だった』とか、当たり障りのない感想を取り繕うか――。

真剣に土産を吟味して回る、彼女の横顔を探っていると。

『暁さんも、ＩＣＵやオペ室のみなさんに、買って行くでしょう？』

それが常識とばかりに訊ねられ、『俺はいい』とは言えなかった。

思い出せる限り、頭の中でスタッフの数を数えた。

結局、那智よりも遥かに大量に、日持ちする焼き菓子を買う羽目になってしまった。

(せっかく避けて通してきたのに……自ら話題を提供することになるとは)

結婚して初めて出勤した日、指輪を外し忘れてＩＣＵに出向いてしまったおかげで、
主任看護師から大袈裟に祝福され、居心地悪い気分を味わった。

それからというもの、暁はロッカーに着くと、まず、指輪を外すことを徹底していた。

だというのに、土産を持ってナースステーションに行けば、どこに、誰と行ったのか聞かれ、スタッフたちの話題にされるのは目に見えている。

「……思い出のお裾分け、か」

どこか自嘲気味に独り言ち、自ら打ち消すようにかぶりを振った。

気持ちを切り替えようと、長い腕を伸ばして白衣に袖を通す。

肩を動かして深呼吸をして、土産の紙袋を片手にロッカーから離れた。

と、彼が向かう方向から、カジュアルなニットにチノパン姿の男が歩いてくる。

　暁は、無意識に目線を上げて……。

「っ」

「あっ……」

　目が合った瞬間、ほとんど同時にギクリと足を止めて息をのんだ。

　こちらに歩いてきたのは、柏崎だった。

　ふたりともその場に突っ立ったまま、相手の出方を探って、気詰まりな沈黙がよぎる。

「……おはようございます、蓮見先生」

　先に沈黙を破ったのは、柏崎の方だった。

　やや強張った表情で彼の前までやって来て、両足を揃えて立ち止まる。

　暁は無言で、喉仏を上下させた。

　紙袋を持った手に、無意識に力がこもる。

「大変ご無沙汰しておりました」

　そう言って、軽く頭を下げた柏崎が、中途半端な姿勢でピタリと止まる。

　彼が一点を注視しているのに気付き、暁はその視線を追った。

　そして、手に提げた紙袋を、サッと背に回す。

けれど、柏崎は察した様子で、

「那智……さんと、温泉……。新婚旅行ですか」

ゆっくり背を起こしながら、ぼんやりと呟く。

「……別に、そうじゃない」

暁は警戒心をよぎらせて、素っ気なく返した。

左腕を持ち上げ、手首に嵌めた腕時計に目を遣り、「お先に」と、柏崎の横を擦り抜けようとした。

しかし、なにか引っかかる。

(柏崎は、俺と那智が入籍を済ませたことを知っている?)

思わず足を止めると同時に、「蓮見先生」と、一際声を張って呼びかけられた。

無言で視線だけ横に流すと、同じように暁を見ていた柏崎と目が合う。

「僕はなぜ、蓮見先生に那智を奪われなきゃいけなかったんですか」

必死に感情を抑えようとしているのか、大きく息を吸って、硬い声で切り出してきた。

「……奪う？　なんの言いがかりだ？」

暁は身体ごと彼に向き直り、鋭い瞳で睨めつける。

それを、惚(とぼ)けたとでも受け取ったのか。

「那智は僕の恋人でした」

柏崎が、頬に朱を走らせて気色ばむ。

「プロポーズもしていて、彼女からちゃんと返事ももらっていた。後はふたりで院長に報告するだけだった。なのに」

「なのに。……なんだ？」

彼の言葉尻を引き取って、胸を反らして腕組みをした。

「お前……自分はかわいそうな被害者、とでも思ってるのか？」

呆れを隠さず、短い息を吐いて質問を重ねる。

柏崎は、目に見えて怯んだ顔をした。

「院長に庇われ、恩情に甘え、病院の金で海外研修にまで行かせてもらっても、少しも改心しないどころか、開口一番で俺に言うのがそれか。呆れてものも言えない」

「それから。那智の夫とは、次期院長とイコールだ」

上から目線で言って退ける暁に、わなわなと唇を戦慄かせる。

瞳に蔑みの色を強め、暁は身体ごと彼に向き直った。

「お前、那智との結婚を、院長に匂わせてたってな。院長が、俺が那智を娶ることを認めたのは、お前に娘はやれないという意思表示だ。そのくらい察してものを言え」

「っ……！」

煽られて興奮を強めた柏崎が、勢いに任せて暁の胸倉に手を伸ばした。

グッと掴み上げられ、紙袋がドサッと音を立てて床に落ちる。

暁は眉根を寄せ、目だけ動かして彼の手を見下ろし……。

「せっかく院長に救われたのに。次期院長に対する暴力で、病院を追放されたいか？」

「っ……」

「そうじゃないなら手を放せ」

低い声で凄むと、柏崎は悔し気に顔を歪めて、半分払うように手を放した。

暁は、何事もなかったような涼しい顔で白衣の襟を直し、軽く屈んで紙袋を拾い上げた。

もう片方の手を、無造作に白衣のポケットに突っ込み、

「失礼」

話は終わりとばかり、柏崎の横を通り抜けた。

ロッカーとロッカーの間の狭い通路を進んでいくと、

「次期院長……つまり、蓮見先生も、俺と那智の関係を知っていて、彼女を娶るなん

て言い出したってことですよね。……自分の野心のためだけに」

低い声が追ってきて、足を止める。

「蓮見先生は、那智を道具にしただけで、愛してない。那智が言った通り……」

続く声は掠れて消え入り、暁は最後まで聞き取れなかった。

「なに？」

訝しく眉をひそめると、柏崎は無言でかぶりを振る。

腹の底から息を吐き出し、気を取り直したように、スッと背筋を伸ばした。

「蓮見先生。またオペでご一緒する機会もあると思うので、今後ともよろしくお願いします」

一瞬前とは打って変わって、きびきびと言って退けた。

最後に会った時は、すっかり生気を失い、濁った目をしていた男が、まっすぐ目線を合わせてくる。

「お前……院長から、聞いていないのか」

暁は、怪訝な気分になって聞き返した。

「あのオペに携わったメンバーは、以降誰ひとりとして同じチームには……」

「知ってます。でも、僕は諦めません」

嫌に押しが強い彼に、得体の知れない不快感を覚えた。

不審を憚らず、険しい顔をする彼を、柏崎がジッと見据える。

「僕……蓮見先生が以前いらした、デュッセルドルフの大学病院に研修に行ってたんです。研修の成果を、蓮見先生にも、ご披露したい」

「え……」

暁は、図らずして、ギクッと顔を強張らせた。

柏崎は彼から目を逸らすことなく、満足気な薄い笑みを浮かべて――。

「先生も、きっとご興味あると思いますよ。なんせ僕、心臓外科の権威と呼ばれる、シュルツ博士に師事させてもらったんですから」

「っ……」

彼の口から出たその名に、暁の心臓がドクッとマグマが沸くような音を立てた。

不覚にも反応してしまったことを、柏崎に見抜かれたくない。

「それは楽しみだ。……悪いが、急ぐので」

一瞬、表情が変化しそうになって、とっさに踵を返した。

白衣の裾を翻し、脇目も振らずに狭い通路を通り抜ける。

不穏なリズムで拍動する心臓。

柏崎の視線を、まだ感じる。

動揺を気取られないよう、意識して背筋を伸ばして歩き、ロッカー室を出た。

不気味な触手のように絡みつく視線から解放されて、胸元で白衣を固く握りしめる。

(シュルツ博士……)

柏崎が師事したという、心臓外科の権威。

心の中でその名を唱えるだけで、心拍数が上がる。

それと比例して胸にせり上がってくる無力感、悔しさ、怒り。そしてすべてを手放した時の途方もない虚無感――。

「っ……」

自分の中で湧き上がる、膨大な感情を振り切るように、暁はぶるっと頭を振った。

わざと大きく足音を立てて、ICUに続く廊下を歩く。

堂々と胸を張った彼は、途中すれ違った何人もの医師や看護師たちの目には、いつもと変わらず颯爽として映っただろうが……。

暁の視界はひどく狭窄していて、彼らの姿はこれっぽっちも目に入っていなかった。

その夜、日付が変わって、夜半過ぎ――。

「……さん。……ら、さん」

風が唸るような、不快なノイズをかいくぐって、か細い声が暁の意識に割って入った。

「う……」

グルグルと脳裏を駆けるすべての音を遮断したくて、強く頭を振る。

「あ……」

「暁さん。暁さんっ！」

「っ」

振り切ることができず、最後まで耳に残った声が、より鮮明に響いた。

ハッとして息をのむと同時に、暁はバチッと目を開けた。

途端に、なにかが視界に飛び込んできた。

しかし、焦点がぶれて輪郭すら掴めず、なにかは判別できない。

「はっ……」

浅い息を吐いて初めて、自分の呼吸が荒く乱れていることに気付いた。

胸が上下するほど、息苦しい。

「暁さん、大丈夫ですか」

「っ……え？」

息を整えながら、短く聞き返した。

視界の中で、なにかが揺れる。

「う……」

額に腕を翳し、一度目蓋に力を込めて固く目を閉じてから、意識してゆっくり開く。

ぼんやりとした、薄暗い明かりに照らされた部屋。

横たわる自分を、覗き込んでいるのは——。

「……那智」

喉がカラカラに渇いていて、彼女を呼ぶ声が引っかかった。

「はい。……よかった、暁さんずっとうなされていて」

彼が自分を認識したことにホッとしたのか、那智が吐息を漏らす。

暁はベッドに手を突き、ゆっくり上体を起こした。

額に手を当てて、グルッと辺りを見回す。

ベッドライトだけが光源の、仄暗い寝室。

暁は、大きなダブルベッドで、那智と寝ていた。

（オペ室じゃない……夢か）

心の中で独り言ちて、ようやく安堵した。

と、こめかみになにか触れる感覚に、ビクンと身を震わせる。

「あ、ごめんなさい」

彼の反応に怯んだように、那智がサッと手を引っ込めた。

「暁さん、すごい汗。タオル、持ってきますね」

彼の返事を待たずにベッドから降りると、パタパタとスリッパを鳴らして寝室を出ていく。

彼女の足音を耳で追って、暁は肩を動かして深い息を吐いた。

『モタモタするな、早くクランプしろ。血が止まらないじゃないかっ‼』

太く険しいのに、焦りが滲む上擦った怒声。

『す、すみませんっ……!』

厳しい叱責に動揺して、パニック寸前の謝罪。

今もなお、暁の鼓膜に深く刻み込まれているドイツ語の緊迫した会話が、頭の中に木霊する。

(もう三年も前のこと。ここは日本だ。オペ室じゃなく、那智と一緒に暮らす家……)

自分に言い聞かせるように心で唱え、暁は大きな手で目元を覆った。

（俺が着ているのは、寝間着だ。くすんだグリーンのガウンじゃないし、髪を包むキャップも被っていない）

そうやって、今の自分自身の状況をひとつひとつ確認して、ようやく呼吸が整う。

一緒に寝ていた那智を起こしてしまうほど、暁は夢にうなされていた。

それは、デュッセルドルフの大学病院で最後に入った、大動脈弁置換術のオペ中の出来事だった。

青い目を血走らせて怒鳴り散らす、ドイツ人の執刀医。

焦りで我を失い、手元を狂わせる心臓外科の若い第一助手。

血濡られた器具が落ち、汚れる床。

あらゆるモニターがけたたましいアラーム音を発して、いくつもの電子音が交錯する。

モニターでは、血圧と心拍数を示す数字が、転がるような速さで降下していく。

その場にいた全員が、必死に手を尽くそうとして、右往左往する。

阿鼻叫喚の地獄絵図の中にいるようで、暁は全身総毛立っていた。

スタッフ総がかりでの懸命な蘇生も虚しく、患者は術中に死亡した。

心拍停止を示す〝0〟という数字。

心電図の波形はピクリとも動かず、モニターのど真ん中を一直線に横断するだけ。

冷たい汗がこめかみを伝い、心臓が凍りつくような思いをしたのは、人生で初めてだった。

しかし、その後――。

『患者が亡くなったのは、俺たち外科医のせいじゃない！　アキラが未熟で、緊急事態に対処できなかったせいだ』

あの病院が誇る、世界的に名の知れた心臓外科の権威、シュルツ医学博士の放った一言で、彼は息の根が止まるかと思うほどのショックを受けた。

思考と感情が完全停止するという感覚を味わった――。

「……さん、暁さん」

「っ……」

いつの間にかがっくりとこうべを垂れていた暁は、名を呼ぶ声に反応するのも遅れた。

一拍分の間を置いて、ハッと顔を上げると、那智が戻ってきていた。

ベッドに足を伸ばして座る彼の傍で、タオルとペットボトルを手に、不安そうに瞳を揺らしている。

「これ……声が、嗄れてたみたいだから」

差し出されたミネラルウォーターのペットボトルを、暁は何度か頷きながら受け取る。

冷たい水を一口含むと、干上がっていた喉に一気に浸透していく。

息継ぎもせずに、半分ほど飲み干した。

「ありがとう」

今度は喉に引っかかることなく、お礼を言う。

那智は、こくんと首を縦に振り、

「本当に、大丈夫ですか？」

遠慮がちに、タオルを持った手を伸ばしてきた。こめかみをそっと押さえ、汗を拭ってくれる。

彼がされるがままでいるのを見て、額や首筋にもタオルを動かしていった。

「……起こして、すまない」

暁は顔を伏せて、ボソッと呟いた。

「いえ、私は大丈夫です。でも、暁さん……」

「嫌な夢を見た。……それだけだ」

「夢？」

「夢じゃないな……忘れたい、現実」

ジッと見つめてくる彼女から逃げるように、視線を横に流して自嘲的に口角を歪める。

彼の視界の端に、タオルを持った手を宙で止めている彼女が映った。

『どんな？』と聞きたいのだろうが、忘れたいというほどのことを掘り起こすのをためらってか、口を噤んで言い淀んでいる。

暁は「ふう」と息を吐き、かぶりを振った。

「忘れたいなんて、強く念じるからいけないのかもな。かえって、心にも身体にも深く刻まれて、逃れられない。俺に一生付き纏う、嫌な思い出だ」

皮肉めいた言い方をして、ガシガシと頭を掻く。

那智は、かける言葉を探しているのか、わずかに唇を開いたが、結局なにも言わずに閉じてしまう。

そうしてよぎる沈黙が、とても気詰まりだ。

「悪い。これじゃあ、お前も眠れなくなるな」

暁はそう言って、ベッドから降りた。

「今夜は眠れそうにないから、リビングに行く。お前は気にせず寝てくれ」

彼女の頭にポンと手をのせてから、その横を通り過ぎる。

「暁さん……」

背を追ってくる呼びかけに振り返ることなく、やや大股で寝室から出た。

大きな壁一面の窓から射す、微弱な月光。

仄暗いリビングに、輪郭だけが浮かび上がるソファに直行する。

暁は脱力して、勢いよくドスッと座り込み、シートに深く背を預けた。

「……はーっ」

喉を仰け反らせて天井を仰ぎ、目元を手で覆う。

――夢から逃れるために寝室を出たのに、目を閉じるだけで脳裏に蘇る光景。

（悲しみと絶望の後で追いついた、悔しさと怒り……。あの男の顔は網膜に焼きついていて、いつまでも残影が消えないから、忘れたくても忘れることもできない）

虚栄心と保身に走り、暁から感情を奪った、〝世界的名医〟の醜悪な顔。

それまでは、専門は違えど〝恩師〟と慕っていたからこそ、暁はあの醜さを忘れることができない。

（シュルツ博士……）

暁がデュッセルドルフの大学病院を追われた元凶は、彼にある。

行き場を失い、逃げるように日本に帰国して三年。

彼は自分の力で、赤城総合病院の麻酔科のエースと呼ばれるまでにのし上がった。

院長に、自身の後を任せられると言わせるだけの信頼を勝ち得たと、自負している。

だというのに――。

ソファから背を起こし前屈みになると、強気な目をした柏崎が浮かんだ。

「……くそっ」

忌々しい気分で吐き捨てた、その時。

窓から射す月明かりが陰ったことに気付き、暁はゆっくり顔を上げた。

月が雲に隠れたのかと思ったが……。

「那智……」

肩からストールを羽織った那智が、目の前に立っていた。

「あの……もし、そのまま寝ちゃったりしたら風邪ひくから」

彼女の腕には、畳んだ毛布が掛けられている。

「……サンキュ」

掠れた声でそれだけ返し、ふっと顔を背ける彼に、那智は小さくこくりと喉を鳴らした。

　自分の腕の毛布に目を落とし、わずかに逡巡する様子を見せた後――。

「っ……？」

　思いがけず抱きしめられた暁は、彼女の胸で息をのんだ。

「な……」

「やっぱり、ベッドに戻ってきてくれませんか？」

　当惑する彼を、那智はそんな言葉で遮る。

「え？」

「上手く言えないけど……今、暁さんが、なにかとても辛いものを抱えているのはわかるので。こうして、そばにいてあげたいって思うんです」

　自分から抱きしめておいて、その行動の理由を自覚していない。

　その上――。

「……なにを緊張してるんだ？」

「え？」

「これだけ埋められると、ドキドキしてるのがわかる」

　頬を打つ微かな感触について、わざわざ意地悪に指摘することで、照れ臭く、くすぐったい思いを誤魔化す。

「っ……い、いちいち言わなくていいですから」

図星だったか、彼女の声がやや裏返る。

ムキになっているのか、彼の頭を抱える両腕に力がこもった。

「……くっ」

暁は、くぐもった笑い声を漏らす。

「な、なんですか」

頭上から、不服そうな声が降ってくる。

「力が強すぎる。お前の胸で窒息死しそうで、おちおち寝てられないな」

「……！」

気恥ずかしさを隠して揶揄すると、那智がパッと手を離した。

「苦しいですよね。ごめんなさ……」

「いや。……いいね」

慌てた様子で謝罪する途中で、暁はふっと両腕を伸ばした。

彼女の細い腰に巻きつけ、自分の方に引き寄せる。

「那智、抱き合って寝よう」

暁は彼女の返事を待たず、そのまま肩に担いで、ソファを軋ませて立ち上がった。

「ひゃっ！　暁さ……⁉」

那智は彼の背を見下ろす体勢で、焦った様子で振り返ってくる。

腰を抱えられ、ジタバタと足を動かしている。

暁は、彼女の反応に構わず、広いリビングを横切り、再び寝室に戻った。

彼女を抱えたまま、ベッドに転がる。

「きゃっ」

小さく悲鳴をあげる彼女の後頭部に片手を回し、柔らかい髪をくしゃっと掴む。

少しだけ力を入れて、抱き寄せた。

「那智……」

那智はほとんど抵抗なく、彼の鎖骨あたりにトンと額をぶつけた。

顎を引いて見下ろすと、目を伏せているのがわかる。

ぴったりと肌を重ねるのとは違い、寄り添っただけの身体から伝わる体温は、もどかしくなるほど曖昧だ。

でも、情欲を呼び起こすほどではない微妙な触れ合いが、今はなぜか心地いい。

やがて――。

彼女の身体の強張りが和らいだのを感じると同時に、胸元からスースーと規則正しい寝息が聞こえてきた。

暁は、思わず「ぶっ」と吹き出した。

「お前が先に寝るなよ」

からかい交じりに呟く。

「くっくっくっ……」

肩を揺すって、笑い声を漏らした。

それを、自分の耳で聞き拾い——。

(声を出して笑うなんて、いつ以来だ)

さっきまで、嫌な夢にうなされていたというのに、むず痒い思いに駆られる。

暁は那智の額に口づけて、そんな自分を誤魔化した。

好奇心の言い訳

　それから一週間ほど過ぎた、ある日の朝。

「ご馳走様」

　ダイニングテーブルで向かい合い、終始黙々と食事を進めていた暁が、それだけ言って立ち上がった。

「あ」

　那智は、ハッと我に返った。

　キッチンに食器を片付けに行った彼が出てくるのを見て、食事の手を止めて腰を浮かす。

「暁さん。あの……」

　思い切って呼びかけたが、言葉が出て来ず尻すぼみになる。

　結局黙ってしまったせいで、彼はこちらを一瞥しただけで、寝室に戻ってしまった。

　今夜、暁は当直だ。きっと、もうひと眠りするのだろう。

　静かにドアが閉まるのを見届けて、

「……はあ」

那智は、ストンと椅子に腰を戻した。

彼女の皿には、まだ半分ほど朝食が残っていたけれど、弄ぶように突いただけで、箸をテーブルに置いた。

先週の夜、夢にうなされていた暁のことで、頭がいっぱいだった。

（あの暁さんが眠れなくなるほど、嫌な夢。忘れたい現実……）

初めて、彼の内にある、人間らしい脆さのようなものに触れた気がした。

それがなにか知ることができれば、ふたりの間の深い溝がほんの少し埋まって、近付けるように思う。

しかし、暁にとって避けたい話題なのは、あれからずっと口数が少ないことでも十分わかる。

那智がなにか質問をしかけるのを、先手を打って阻んでいるように感じた。

おかげで今も、声をかけるのをためらっているうちに、彼は席を立ってしまった。

（ためらうことなんかない。私は妻なんだから、『大丈夫ですか?』って訊ねるくらい、おかしなことじゃないのに）

声をかけるだけのことに、わざわざ理由をつける自分も、よくわからない。

那智は朝食の後片付けをして、ひとり身支度をすると、何度もマンションを振り返りながら出勤した。

病院に着き、業務に就いたものの、やはり暁が気になって集中できない。

「赤城さん、これ。ここの入力間違ってるわよ」

患者に出す前に再鑑をしてくれた綾に、何度もミスを指摘されてしまった。

「那智さん、どこか調子悪いんですか？」

隣の席から花代にも心配そうに訊ねられ、眉をハの字に下げて、曖昧な笑顔で誤魔化した。

少し気分を変えようと、一度作業の手を止め、パソコンモニターにメールの受信ボックスを開く。

未読メールは、院内一斉メールや、庶務事項のお知らせなどだ。

だけど、そこに聡志からのメールを見つけて、那智は思わず目を瞠った。

【お伺い】という件名では、内容がまったく想像できない。

マウスを動かし、クリックして開封してみると。

【那智、突然ごめん。よければ、今日の昼飯、一緒にできないか。話がしたい】

短い本文を、何度も繰り返し目で追って、ゴクッと唾を飲んだ。

暁と温泉旅行に行く前に、別れて以来ほぼ二カ月ぶりに再会した。
あの時は、知りたい一心で彼の情に訴えたものの、なにも教えてもらえず失望した。
しかし、今自分が抱える数々の不信感の中心に、相変わらず彼がいる。
こうして自分から話したいと言ってくれたなら、期待していいんじゃないだろうか。
今日なら、昼間、暁は病院にいない——。
那智は、ほんのわずかの間逡巡して、
【人目につかない所でなら】
そう、返信した。

その後、返ってきた聡志のメールに従って、那智はいつもより少し遅い時間に休憩に入った。

職員食堂や院内のレストランでは、どうしても人目につく。

聡志が指定したのは、院内イベントなどで使われる多目的ホールだった。

入職して二年目の頃から、那智は楽器好きの仲間と一緒に、定期的にミニコンサートを開催していた。

しかし、メンバーの大半が結婚して家庭を持ち、練習時間が取れなくなったため、一昨年の冬を最後に、行（おこな）っていなかった。

ここに用があって来るのは、久しぶりだ。

先に来ていた聡志が、院内のコンビニでふたり分の昼食を買って来てくれていた。

「ごめん。こんなもんで」

彼は恐縮したように頭を掻くけれど、おにぎりもサラダもサンドウィッチも、どれも彼女が好む物ばかりだ。

「ううん。十分」

正直言うと、彼からなにを聞けるのか警戒もあり、緊張からか、食欲はほとんどなかった。

彼女の返事を聞いて、聡志はホッとしたように表情を和らげる。

「那智、こっちに」

なにかのイベントで使ったのか、ホールの隅に、長テーブルとパイプ椅子が置かれたままになっていた。

聡志が、椅子を引いて勧めてくれる。

「ありがとう」

那智は、礼を言って腰を下ろした。

彼も、彼女の方に椅子を傾け、ドスッと座り込む。
そして。
「急に、ごめん」
改まって背筋を伸ばし、軽く頭を下げる彼に、那智は黙って首を横に振った。
聡志が、袋から食べ物を出して並べながら、わずかに表情を硬くする。
彼も緊張している様子で、お茶のペットボトルを開けると、グッと呷(あお)った。
三分の一ほど一気に飲み干し、肩で息をすると。
「那智」
表情と同じ、硬い声色で呼びかけてきた。
「失礼を承知で、単刀直入に聞く。この間の……『愛し合うこともできない人』って。
それは、那智も蓮見先生を愛せないって意味だよな?」
前置きされたとはいえ、彼の質問は直球で、那智は一瞬返事に窮した。
だけど、言い回しに違和感を覚え、
「……私も、って」
その言葉を反芻すると、彼はきゅっと唇を噛んだ。
そして、肩を動かして息を吐く。

「俺は……蓮見先生は、那智のこと好きだから、あんなこと言い出したと思ってたんだ」

「っ……え？」

なにか、噛みしめるように言われた意味が理解できず、那智は反射的に口を挟んだ。

聡志は彼女から視線を外し、横に流した。

「時間なくなるな。食べながら話そうか」

間合いを取るように言って、自分はたらこのおにぎりを取り、彼女にも促す。

「待って。今の、どういうこと？」

那智は食べ物には目もくれず、身を乗り出した。

「蓮見先生が私のこと、って。どうしてそんな話になるの？　まさか……聡志、知ってた？　私と蓮見先生が結婚させられること」

知りたい気持ちが急いて、畳みかけてしまう。

聡志は、おにぎりを持った手に目を落とし、

「……その場で、聞いてた」

少しの間逡巡して、肯定の返事をした。

那智の胸が、ドクッと不穏に沸き立つ。

「その場って……なんで聡志が？　ううん、それならどうして、父に言ってくれなかったの」

納得いかずに、半分詰るように次の質問を重ねる。

「聡志が、私と結婚するって言ってくれたら、父だって……」

「言っても、きっと無駄だった」

静かに遮られて、勢いを削がれて目を瞬かせた。

「実は俺……オペの前に院長に、オペが終わったら時間をいただきたいって伝えたんだ。プライベートなことだけど、報告したいことがある、って」

「っ、え？」

予想外の話に、那智は声をのんだ。

聡志は、どこか気まずそうに、目を逸らす。

「フライングして、ごめん。でも、那智から返事もらって、早く話したくて気が逸って。……院長はちょっと目元を緩ませて、『結婚か？』ってニヤニヤしてた」

「っ……」

「院長は鋭いから、相手が那智だってことも気付いたと思う。『楽しみだな』って言ってくれたから、俺、舞い上がって、力んで……」

声を尻すぼみにする彼に、那智の胸はざわめいた。

「待って……わからない」

椅子から腰を浮かせた中途半端な体勢のまま、額に手を遣り、思考回路を働かせる。

「父は……私と聡志が結婚を考えてるって気付いてたのに、私を蓮見先生と結婚させたの？」

「…………」

「聡志が私に別れようって言ったのは……それで、反対されたって思ったから？」

聡志は肯定も否定もせず、ただ、「ごめん」と謝罪を口にする。

「ちょっと待ってよ！　なんで？　どうして反対されるの？　聡志もどうして、諦めちゃったの⁉」

興奮して、声を上擦らせる那智の前で、彼は口を噤んで目を伏せた。

「だって聡志は、この間のオペで父から腕を認められたって。それで、海外研修に行ったんじゃ……」

「ごめん、那智。これ以上は、言えない」

「どうして……‼」

那智はテーブルに両手をついて、ほとんど叫びながら問い詰めた。

しかし、聡志は俯いたまま固く唇を噛むだけで、それ以上のことはのみ込んでしまう。

「……どうして」

那智は愕然として、ストンと椅子に腰を戻した。

テーブルの上に置いた手が、小刻みに震える。

聡志は、荒ぶる感情を必死に抑えようとする彼女を、視界の端に映していたけれど。

「なにも説明できなくて、申し訳ないと思ってる。でも、俺自身の気持ちなら話せるから、呼び出したんだ」

そう言いながら、ゆっくり顔を上げた。

彼女の虚ろな目が自分に向くのを確認して、喉仏を上下させる。

「俺は、今でも、那智を愛してる」

まっすぐで真剣な目で告げられ、那智は小さく喉を鳴らした。

突然すぎる別れの理由がどこにあるのか、ずっと考えていた。

彼の気持ちが、急に自分から離れたのなら、それはどうしてなのか、と。

(嫌われたわけじゃなかった……)

しかし、よかったとは思えない。

彼の心がまだ自分にあると知っても、喜べなかった。

今さらそんなことを言われても、ますますわからないことだらけになるだけだ。

意思に関係なく震え続ける手に、グッと力を入れる。

「もう遅いよっ……！」

やるせない思いが込み上げてきて、声が詰まった。

聡志はおにぎりをテーブルに置き、足の上で両手を握りしめた。

表情を硬くして、一度大きく息を吸うと、

「遅くなんか、ない」

たどたどしい口調で告げる。

「蓮見先生は、那智を愛していない。那智が一生苦しむってわかってるのに、遅いなんて言ってられない」

那智は唇に手の甲を押し当て、声が漏れるのを堪えた。

感情に煽られ、滲んだ涙で濡れた睫毛を、訝し気に瞬かせる。

「俺も、耐えられない。だから、蓮見先生から那智を取り返す。そう決めた」

聡志はやや強張った顔に、悲壮なほどの決意を滲ませた。

「今まで、辛い思いをさせてごめん。でも、もう一度俺を信じてくれないか」

テーブルの上に置いた手に、彼が大きな手を重ねてくる。

ギュッと強く握られて、那智の胸は条件反射で跳ね上がった。

おずおずと目線を上げると、彼は、いつも柔らかい目元を、どこか切なげに歪めている。

「……取り返すって、どうやって」

那智はズッと洟を啜って、顔を背けながら素っ気なく訊ねた。

聡志は、一度目を伏せた。

強気な言葉とは裏腹に、なにか葛藤しているのが窺える。

それを払い除けるように、ぶるっと頭を振って……。

「那智、蓮見先生がここに来る前に、ドイツの大学病院で働いてたこと、知ってる?」

彼女の手を握りしめる手に、力を込める。

「ドイツ……?」

海外での経験が豊富なことは、父から聞いている。

暁から直接話してもらったことはないが、父との会話でニューヨークの名が出てきたのは覚えていた。

「今回俺、ドイツで研修を受けて。そこが、蓮見先生がここに来る前に勤務してた病院だったんだ」

「え……？」

自分で訊ねておきながら、聡志は彼女の返事を待たずに先を続ける。

「……俺が、シュルツ博士から聞き知ったこと。これを蓮見先生に突きつければ、那智を取り返すことも可能だ。俺は、そう信じる」

言葉の勢いを借りて、はっきりと断言した。

そして、時間を気にしたのか、彼女の手を離す。

まるで自分を鼓舞するように、せかせかとおにぎりを食べ始める。

那智もつられて、サラダパスタのパッケージを手に取った。

しかし、彼が暁になにを突きつけようとしているのか、どうやって自分を取り返すというのか、その輪郭すら掴めていない。

ただただ、不安だけが胸に広がる。

「聡志……？」

呼びかけた声も、はっきりと揺れてしまった。

聡志は、おにぎりをひとつ食べ終えると、肩を動かして「はーっ」と息をした。

そして。

「那智。俺は院長に、那智に相応しい男だと認めてもらえなかった。でも、蓮見先生だって、俺と同じだったんだ」

「え？」

「それなら……俺の方がずっとずっと、お前のこと愛してる。院長からの信頼回復に努めて、那智を奪い返すために、俺ができることを全部やる」

聡志は、黒い瞳に力を取り戻していた。

なにか大きな決意を秘めて力漲る、その瞳の真ん中に映る自分を見つけて、那智の心臓はドキッと弾んだ音を立てる。

（聡志の、明るく力強く輝く目、ずっとずっと大好きだった……）

彼への恋心がくすぐられて、胸がきゅんと疼く。

しかし——。

聡志が言う、〝辛い思い〟。

確かに、彼と別れてすぐの政略結婚も、愛し愛されることのない夫に身体だけ求められるのも、最初は死ぬほど辛かった。

だけど今、辛いかと言うと、それは違う気がする。

（暁、さん）

心の中で彼の名を呟き、その姿を思い描く。

その途端、先週の夜のことが胸をよぎった。

『こうして、そばにいてあげたいって思うんです』

自ら彼を抱きしめた時、本人に指摘されてしまうほど、那智の胸はドキドキと跳ね上がっていた。

(聡志にきゅんとするのとは、また違う。なんだろう。暁さんには、もっと……)

聡志のように、長い付き合いではない。

お互いのことをまったく知らずに夫婦になったからこそ、彼の中の秘められた一面に触れると、新しい発見に胸が弾む。

もっともっと、知りたいと思ってしまう――。

これは、ごく普通の好奇心。

心は別々の方向を向いていて、交わることはないとわかっていても、暁は夫だ。

妻である自分が、彼に興味を持つのは、当然のこと……。

(どうして私、自分に言い訳するんだろう)

答えを求めて辺りに視線を彷徨わせると、ホールの隅に寄せられている、グランドピアノに目が留まった。

その途端、ピアノにまつわる記憶が脳裏を掠めた。

「あ……」

無意識に、短い声を漏らしていた。

以前、ここでミニコンサートを催した時、飛び入りで参加したピアノ奏者の記憶。

(いきなり割って入ってきて、結構失礼なことを言われた。だけど、一緒に演奏してるのに、うっかりしたら聞き惚れてしまうくらい上手で。あれは……)

『麻酔科の蓮見だ。ピアノを引き受ける』——。

あの時初めて、暁と出会った。突然一緒に演奏をすることになったにもかかわらず、猛烈に心が躍ったこと、とても楽しく心地よかったことを、唐突に思い出した。

今、暁がピアノの前に座って、しなやかな指を鍵盤に走らせる幻影を見て、彼女の胸は、とくんと、優しく淡い音を鳴らした。

(暁さん……)

いつの間にか、すぐそばにいる聡志から、完全に意識が離れていた。

「那智」

名を呼ばれ、我に返る。

「え？」

視線を戻すと同時に、聡志が両腕を伸ばしてきた。

首の後ろに回った腕に、柔らかい力で抱き寄せられ、反射的にビクッと身を竦ませる。

そして、

「……っ！」

彼の胸に両手を置き、突き放していた。

無自覚に抱擁を拒んだことに気付いたのは、聡志が戸惑った目で自分を見ていたからだ。

「あ、ご、ごめん」

那智自身、とっさに拒否した理由を見つけられない。

目を泳がせ、「あの」と取り繕う。

「誰かに見られたら、困る」

至極真っ当な理由をつけることができた。

「……そうだよな。ごめん」

聡志はぎこちなく頭を下げて、身体の向きを変えて座り直した。

「こんな風に、コソコソ会わなくていいようにする。……那智、俺はこれ以上、お前を蓮見先生に抱かせたくない」

「っ！」

苦悶する横顔に、那智はカッと頬を火照らせた。

「今、那智は蓮見先生の妻だってわかってても、やっぱり嫌なんだ。蓮見先生の顔を見るたびに、那智の泣き顔が浮かんできて……離れない」

ギリッと奥歯を噛みしめる彼に、居た堪れなくなって面を伏せる。

「だから、那智。もう、蓮見先生に抱かれないで」

最後はまるで縋るような、懇願に変わった言葉が、なにか胸に刺さる。

「……うん」

そう答えるのが正解なのか。

自分でも判断できないまま、那智は小さく頷いた。


那智が仕事を終えて家に帰ると、暁はベッドで眠っていた。

ふたりで食事をしながら、ゆっくり話せないものか。

そう思っていたけど、彼が今晩当直勤務なのを思い出した。

今夜は、諦めた方がよさそうだ。

那智は溜め息をついて、音を立てないように寝室から出て、ドアを閉めた。

ドアに背を預け、天井を仰ぐ。

今、心を占めるのは、昼間、聡志と交わした会話。

あれからずっと、それに囚われていた。

聡志が、今でも愛していると言ってくれた。

正直、今さらという思いも強く、彼には『もう遅い』と頑なな返事をしたけれど、本心では間違いなく嬉しかった。

暁から自分を奪い返してくれるなら、聡志との結婚が叶うかもしれない。

大丈夫、聡志は必ずやり遂げてくれる。

今は彼にすべてを委ね、その時を待っていればいい。

そう思うのに――。

(どうしちゃったの、私)

那智の胸は躍るどころか、鬱蒼(うっそう)とした靄(もや)が立ち込めていた。

冷静になって考えると、聡志がどんな手段に出るつもりなのかが、どうしても気になる。

彼が暁の前任の病院で研修を受け、聞き知ったこと……。

十中八九、暁にとっては不利益になる、歓迎できない事実だろう。

少し前までは、那智は暁に弱点があることすら想像できなかったけれど、聡志は、それが武器になると確信している。

「………」

先週、暁が夢にうなされていて、彼の脆さに触れた気がするから、穏やかではいられない。

聡志からそれを突きつけられたら、暁はどんな思いになるだろう。

どんな行動に出るだろう。

それは、自分たちの離婚に繋がるほどのことなのか……？

深い思考の沼にどっぷり浸かり、那智は無意識に右手の親指の爪を噛んだ。

自分でも、わからないことだらけだ。疑問は増える一方で、歯痒くもどかしい。

それでも、ひとつだけわかっていることがある。

（聡志の抱擁を拒んだのは、〝いけない〟と思ったから）

そして、その理由も――。

聡志の決意がどれほど固かろうと、今、那智は暁の妻だ。

彼は、自分を好きになれとは言わないと、彼女に心を求めなかったけれど、浮気や不倫は許さないと言い放った。

那智が自分以外の男と親密にするのを、第三者に見られたら……夫として体裁が悪いから釘を刺したのだろう。

〝檻〟だ。

あの宣言で、暁は自分を一生閉じ込めるつもりなのだ。

想像するだけで恐ろしいのに、那智は今、それを不快には感じていなかった。

最初に言われた時とは、違う意味で解釈できるようになっていたからだ。

(執拗なほど私を求めて抱くのも、私が暁さんから離れられないようにするため)

そう。それは、自分に対する、暁の独占欲の表れ。

これまでに、自分なりに見つけた彼の断片を繋いで、那智はそういう結論に達していた。

見方を改めてみると、暁の言動の端々に、深い熱情が滲み出ているようにも思える。

いつも冷静で淡泊なのに、彼のそれは熱く深く、時々、〝愛されている〟と錯覚しそうになるほど――。

聡志に抱きしめられてはいけないと思ったのは、それが暁を裏切る行為になると、とっさに思考が働いたからだ。

心まで結びつく必要はないのに、なぜ彼に従順な行動に出たのか。

那智の心を覆う靄は濃く、一向に晴れない。

(ほんの少しでいい。私に、彼の心がわかれば……)

知りたい、と望んだ途端、昼間の聡志の言葉が、頭の中に木霊した。

『蓮見先生は、那智を愛していない』

それを聞いた時の胸の痛みが、今また再燃するのを覚え——。

「……心なんて、わかるわけない。私と暁さんには、歩み寄るきっかけもないもの」

那智は一度かぶりを振って、底なし沼のような思考を振り払った。

顔を上げて壁の時計を見遣ると、午後六時半を指している。

赤城総合病院の、当直医の勤務時間は午後九時からだから、それほど待たずに、暁も起き出してくるだろう。

——夕食、少し待ってみようか。

膨らむばかりですでに過多状態の疑問を、ひとつでも解決する糸口が欲しい。

彼が起きるのを待ちながら食事の支度をしようと、キッチンに向かって足を踏み出し……。

一瞬、昼間よぎった記憶の残像が目の前に浮かび上がり、ハッと息をのむ。

那智は、弾かれたようにドアを振り返った。

ドアの向こうからは、物音ひとつ聞こえないけれど。

（きっかけ……見つけた！）

猛烈に気持ちが昂り、胸がドキドキと弾む。

暁が出勤してしまう前に、なんとしてでも話がしたい。

彼女の胸は、久しぶりの高揚感に、膨らんでいた。

医師の当直業務は、緊急時の対応や応援に就くこと。

夜勤と違い、病棟を回って自分の患者を診る必要はなく、普段ほど身なりを気にしなくていい。

暁は、午後七時半にベッドを出て、着替えを済ませた。

寝乱れた髪を掻き上げながら、リビングに入ると……。

「暁さん、おはようございます」

ダイニングテーブルについていた那智が、勢いよく顔を上げた。

テーブルには、ふたり分の食事が用意されている。

「……お疲れ」

暁は起き抜けでこれから出勤だが、彼女の方は一日の仕事を終えたところだ。

互いの挨拶が、ややちぐはぐになる。

彼女の視線を感じながら、洗面所に向かう。

顔を洗って戻ってくると、再び「暁さん」と呼びかけられた。

「待ってたんです。一緒に、食事しましょう」

「え?」

穏やかな表情で誘われ、彼の胸がとくんと淡い音を立てた。

「私には夕食ですけど、暁さんには朝食。でも、これから一晩働くからには、ちゃんと力がつくものがいいと思って」

説明の間にダイニングに歩いていき、テーブルに並べられた皿を見遣る。

なるほど。

時間の感覚は真逆だが、間を取ったようなメニューだった。

具だくさんの豚汁に、五穀米。ほうれん草の白和えと、鮭の塩焼き。

これなら、朝食感覚の彼の胃にも、重くはない。

「ありがとう」

暁は短く礼を言うと、彼女の向かい側の椅子を引いて、腰を下ろした。

「いただきます」

那智は彼を促すように、やや声を張って両手を合わせた。

「……いただきます」

暁が箸を持つまで見届けてから、豚汁のお椀を口に運ぶ。

彼女の、上品で綺麗な所作につられて、彼もまず汁物で箸を濡らした。

目を伏せ、静かに汁を啜っていると、正面から視線を感じた。

「なんだ」

お椀から顔を上げて、上目遣いに訊ねる。

「あ、あの」

那智はゴクッと喉を鳴らしてから、改まったように背筋を伸ばした。

「当直明け……明日、午後には帰ってこれますよね？」

探るように問いかけられて、暁はわずかに眉根を寄せる。

彼女に、帰宅時間の確認をされたことなど、これまでなかった。

意表をつかれながらも、「ああ」と頷いた。

「よほど、引きが強くなければ。当直とはいえ、ひどい時は夜間ずっとオペに入ることもあるし、集中治療に張りつくこともあるからな」

そう付け加えて、再びお椀に口をつける。

「通常通りなら、そこまで遅くはならない。……それが、どうかしたか」

汁を一口飲んでから、質問で返した。

那智が、お椀と箸をテーブルに戻す。

「それからちゃんと眠れば、夜にはいくらか体力も回復しますよね」

半分、自分に言い聞かせるように呟く彼女に、暁は無意識に身構えた。

無言のまま、彼女が先を続けるのを待っていると。

「疲れてなかったら、でいいです。明日の夜、私の実家に一緒に来てくれませんか」

「……は」

想定外の申し出に、暁は瞬きを繰り返した。


いったいなんの用だ――？

警戒しながら当直に就いたものの、暁はすぐに業務に忙殺されて、那智の用件を気にしている暇はなくなった。

そして翌朝。

当直の任を終え、午前中にマンションに戻り、言われた通りひと眠りして夜を迎えた。

その後、仕事から帰ってきた那智を車に乗せ、彼女の実家を訪ねた。

突然の実家訪問。

当然、院長がなにか絡んでいると思っていた。

しかし那智は、二階にある院長の書斎には行かず、玄関で出迎えてくれた母親に軽い挨拶をしただけで、

「暁さん、こっちです」

彼に声をかけ、一階の奥へと進んでいく。

暁は義母に目礼して、那智の背を追った。

「おい、那智。院長は？」

声を潜めて訊ねると、「出張中だそうです」と返された。

「え？」

「ここに来る前に母に連絡したら、オーストリアの学会に行っていると。来週戻ってくるから、ゆっくり食事会でもしましょうって」

那智は淡々とした口調で、淀みなく答える。

院長絡みだと思っていた暁は、意表をつかれて当惑した。

「オーストリア……」

腑に落ちない気分で反芻する彼を、那智がそっと振り返った。

「父になにかご用でしたか？」

暁は黙ってかぶりを振る。

「お話は、是非来週の食事会で。……暁さん、ここです」

那智はそう言って、廊下の突き当たりのドアを大きく開けた。

先に中に促され、暁はドア口に立ってグルッと室内を見回した。

全方向ガラス張りで、庭に面した円形の部屋。サンルームとか、アトリエといった雰囲気がある。

暁の目は、中央に置かれた、一際存在感のある立派なグランドピアノに注がれる。

「私、幼い時にヴァイオリンを始めて。それからずっと、ここで練習していたんです」

那智が彼の横を通り過ぎ、奥に進みながら説明する。

暁は、彼女の背を目で追った。

壁際の小さな丸テーブルの上に、スクウェア型のヴァイオリンケースが置かれている。

「あ……」

ここに連れて来られた理由を、瞬時に理解した。

彼の脳裏に、網膜に焼きついている思い出の光景が、ゆったりと再生される。

陽だまりの多目的ホール、開け放たれた窓からそよぐ柔らかい秋風。繊細なヴァイオリンの音色、風に揺れるほつれ髪――。

彼がその時の情景を手繰り寄せていると、那智がヴァイオリンを手に振り返った。

「暁さんと初めて会った時の記憶は、とても印象深いです。昨日ホールに行って改めて思い出したら、すごく心地よかったことが、一番先に浮かんできて」

ややはにかんで言ってから、長い睫毛を伏せ、ヴァイオリンを構える。

弓を走らせ、慣れた手つきで調弦を始めるのを聞いて、暁はこくりと喉を鳴らした。

しばらく触れていなかったであろう楽器は、はじめは歪な音を鳴らしたが、すぐに調和を取り戻す。

「弦、替えなきゃダメかな……今日はもってくれるといいんだけど」

重音の響きに違和感がなくなると、彼女は軽く肩を竦めて構えを解いた。

そして。

「暁さん。ピアノ、弾いてもらえませんか」

小首を傾げて、彼に訊ねる。

暁は、彼女からピアノに視線を動かした。

那智がなにをしようとしたかはわかっても、その心が掴めない。

(どうしたんだ、いったい)

その場に立ち尽くし、黙ったままでいると。

「あれ。覚えてない……ですか?」

那智が、ぎこちなく微笑んだ。

「多分、暁さんがうちの病院に着任して間もない頃。私は楽器仲間と一緒に、入院患者さん向けのミニコンサートをしていて」

彼の記憶にまったく残っていないと思ったのか、やや寂し気に眉尻を下げて説明する。

「いや……覚えてる」

暁は、なにか居心地悪い気分で、たどたどしく返事をした。

即座に、那智が「よかった!」と安堵の息を吐く。

「今まで特別話題にしなかったけど、忘れてたわけじゃないんですよ? 久しぶりに、一緒に演奏したくなってしまって」

楽しそうに声を弾ませる彼女に促され、暁はゆっくり室内に足を進めた。

顎を引いて、漆黒に艶めくグランドピアノを見下ろす。

那智は印象深いと言ってくれたが、あの短いひと時は、暁にとって特別な記憶だ。

それなのに、今まで話題にしなかったのは、彼女の方が覚えていないと思っていたのもあるが、そもそも共通の思い出話をゆっくり語り合う空気もなかったからだ。

ためらう横顔に、彼女の視線が突き刺さる。

ピアノに手を伸ばさない彼に、

「……あの時、初対面なのに、ひどいこと言ってくれましたよね」

那智が、さらりと皮肉を言ってから、悪戯っぽく笑った。

「『君のヴァイオリンだけじゃ、メロディーが弱くてもったいない。手を貸してやる』」

無言で見遣った彼に、唇を尖らせて呟く。

——確かに、そう言って彼女に近付いた。

暁は面を伏せると、少しだけ口角を上げて、ふっと吐息を零した。

「真実を言ったまでだ」

あの時と同じように、那智がムッと唇を結ぶ様が、視界の端に映る。

「……すごく腹立たしかったですけど、暁さんのピアノは素晴らしかった。あの時聴かせてもらえてよかったです」

言葉とは裏腹な、不服そうな表情。

暁はふんと鼻で笑って、ピアノの前の椅子に腰を下ろした。

彼女が、呼吸音すら憚るように息を潜める気配をよそに、蓋を開け、鍵盤をジッと見つめる。

人差し指で強く押すと、ヴァイオリンのA線、開放弦のラの音が、ポーンと長く鳴る。

そのまま、二本の指を交互に弾ませ、ポロンポロンと優しい音を響かせた。

しっかり調律されているのを確認して、

「で？」

傍らに立つ彼女を、斜めに見上げる。

「俺になにを弾かせたいんだ？」

「……水上の、音楽」

那智が、一語ずつ区切るように答えた。

「この曲も、一緒に演奏したかったな、って思ってたから。……弾けますか？」

暁は無言で頷いて応じた。

再び鍵盤に視線を戻すと、

「いつでも、どうぞ」

両手をのせ、曲のスタートを彼女に委ねる。

那智が、サッとヴァイオリンを構えた。

微かに息を吸う気配の後――。

ピアノとヴァイオリン、小気味よい和音の旋律が、明るく部屋に弾んだ。

彼女と演奏するのは、三年ぶりで二度目。

だというのに、共に奏でるメロディーは、寸分の狂いもなくピタリと重なる。

暁は、背筋がゾワッと沸く感覚に高揚しながら、彼女に視線を走らせた。

結婚前、たった一度の、関わりらしい関わりだった。

(まさか、那智が覚えていたとは……)

胸がきゅっと疼き、一度、固く目を閉じる。

フォルティッシモでは一緒に、デクレッシェンドに入ると主旋律を彼女に任せ、副旋律を追って掛け合う。

暁はピアノを演奏しながら、那智と初めて出会った日のことを、脳裏に描いた。

彼女の言う通り、赤城総合病院に着任して、まだ間もなかった。

恩師と慕った医師に裏切られ、暁はどん底に突き落とされていた。

患者亡き後まで、関わった者同士で醜く罪をなすりつけ合い、最後は彼が全面的に責任を被る形で、病院を追われた。

日本に帰国して赤城総合病院に入職したものの、あの頃の彼は、医師としての使命感も誇りも、向上心も手放していた。

仕事はすぐに繁忙になり、心に巣食った怒りや絶望をゆっくり思い返す間もなく、むしろありがたかった。

しかし、那智を揶揄して飛び入り参加した演奏を通して、彼は覇気を失った自分自身を見つめ直すことができた。

オペは、執刀医ひとりで成せるものではない。

一度のオペに、何人もの医療従事者が携わる。

それぞれ役割は違えど、目標はひとつ。

患者の生命維持、病気の治癒、その後の健やかな生活だ。

そのために、チームを組む。

医師になって何年も経つのに、自分もそのチームの一員だと、今さらの自覚を強めた。

『院内の催しの際には、また是非、一緒に演奏させてください』

今の自分が在るのは、演奏後、目をキラキラさせて、彼の力を求めてくれた那智のおかげだ。

心のどこかでずっと意識していて、業務上、なかなか接点がない彼女を、時々見かけると目で追ってしまった。

自分らしくない行動。

それが彼女への感謝だけでなく、もっと純粋でくすぐったい好意のせいだと気付いていた。

だからこそ――。

院長を、病院の未来を守るために、真実を明かさずのみ込むという、医師としての倫理観に二度背くことになっても、那智を手に入れたかった。

彼にとっては、またとない絶好のチャンスだった。

転がり込んできたラッキーを、逃すわけにいかない。

柏崎の非難通りだ。暁は、彼から那智を奪った。

彼の窮地に付け込むという、汚い手段で。

（柏崎が別れを告げるしかなかった理由を、那智が知ったら。……いや、知られたくない。話せない）

これ以上、彼女に嫌われたくない——。

「っ……」

グッと息をのむと同時に、彼の指がピタリと止まる。

「？……暁さん？」

ピアノの伴奏がやんで、那智が戸惑った様子でヴァイオリンの構えを解いた。

弓と一緒にピアノの上に置いてから、一歩踏み出してくる。

心配そうな声と共に、遠慮がちに伸ばされる細い腕を払い、暁は勢いよく両拳を鍵盤に叩きつけた。

「暁さん、どうし……」

それまでの美しい旋律を一変させる重苦しい音が、ガーンと耳障りに轟く。

那智が、ビクンと身を震わせた。

「あ、暁さん……」

暁は身体を前に屈めたまま、彼女から大きく顔を背ける。

犬が水を払うように、一度ぶるっと頭を振った。

「……すまない。疲れたから、帰ろう」

どこか緩慢に背を起こし、ドア口に向かって歩き出す。

「あ。暁さん。待って」

那智は我に返ったように声をかけ、急いでヴァイオリンをケースにしまった。

そして、先に部屋を出てスタスタと歩く彼を、小走りで追ってきた。


彼女の実家を出てマンションへの帰路、暁は口を閉ざしたまま、車を走らせた。

助手席に座る那智の探るような視線が、ビシビシと突き刺さる。

彼が突然演奏をやめたのは、疲労からではなく、なにか気分を害してしまったからで、自分のせいかと怯んでいるのだろう。

だが、今、はっきり口に出して問われても、答えられない。

暁は口元を手で隠し、那智の視線から逃げるように顔を背けた。

それに気付いたのか、彼女も足の上で組み合わせた指に目を落とす。

車内を覆う気まずい沈黙が、なかなか歯車が噛み合わないふたりの間の空気を、重くしていく。

暁も、那智との久しぶりの演奏を、楽しんでいたかった。

互いに異なる楽器でメロディーを奏で、音が調和していく心地よさ。

あんな風に、彼女の心に寄り添えたらいい。

なににも邪魔されず、心穏やかに、和やかな時間を共に過ごしたい。

暁の真の願いはそこにある。

しかし、ここでもまだ、柏崎の存在が彼を脅かす。

暁にとって因縁のシュルツ博士から学んだ〝なにか〟を意味深に仄めかした後、鳴りを潜めているから、彼の心はざわめき、波紋ばかりが広がる。

これも、誰かの大切なものを奪って、愛しい人を手に入れた代償なのか。

こんな思いを一生引きずっていくとしても、彼に後悔はない。

だけど——。

暁は、無言で俯く那智の横顔を、視界の端で窺った。

愛している女に、寂しそうな顔をさせている。

そんな自分がもどかしくて、堪らなく嫌だった。

無自覚の接近

　那智が入浴を済ませて戻ってくると、リビングに暁の姿はなく、しんと静まり返っていた。

　天井のシーリングライトは点いているが、エアコンは消えていて、広すぎるリビングの空気はひんやりと冷たい。

　パジャマを身に着けた那智は、肩から掛けたタオルで濡れ髪を拭いながら、ソファに浅く腰かけた。

　壁時計に目線を上げて、時間を確認する。

　まだ、午後九時半――。

　それから、寝室のドアの方を見遣った。

　暁は『疲れた』と言って、マンションに帰るとすぐに寝室に下がってしまった。

　今、物音はしないし、どうやら電気も点いていないようだ。

　あのまま、休んでしまったのだろうか。

　那智は口元をタオルで押さえ、目を伏せて溜め息をついた。

途中で寸断されてしまった、先ほどの演奏を思い返す。

（いい感じだったのに。……どうしていきなり、機嫌が悪くなったんだろう）

またしても、わからないことが増えてしまった……。

最初からあったひとつ目の疑問、なぜ自分が暁と結婚することになったのかも、聡志が知っていて阻めなかった理由も、未だにまったく掴めない。

おかげで、足元が覚束ない。

自分がとても頼りなく、ふわふわしているように感じられて、今、本当にここに存在しているんだろうかと怖くなってしまう。

暁も聡志も、彼女が求める答えを持っているはずなのに、なにも教えてくれない。

もどかしい思いが積もり積もって、那智は行動に出ることにした。

最も知りたいのは、暁と聡志の間に、なにがあったのか。

そして、聡志がドイツで聞き知ったという、暁に関する事実。

しかし、それを本人にいきなり質問しては、警戒心を煽ってしまう。

だから、まず、暁の心を知ろうとした。以前、たった一度関わっただけだけど、あの時のように一緒に演奏できれば、心を近付けることができると期待していたからだ。

暁も、その時のことを覚えていてくれた。

なにも教えずに連れ出したりして、ちょっと強引だった自覚はあるものの、彼も途中までは心地よさそうに、鍵盤に指を走らせていた。

出方は、間違っていなかったと思う。

なのに……。

「………」

那智はグッと唇を噛んで、膝の上で手を握りしめた。

（近付くどころか、逆に遠退いてしまったのなら）

今、もし彼が起きていたら、いっそ単刀直入に――。

意を決してスッと立ち上がり、まっすぐ寝室に向かった。

「……暁さん」

外から、窺うように呼びかける。

中から応答はなく、那智は静かにドアを開けた。

サイドテーブルのライトが灯っていて、柔らかい暖色系の明かりが揺れている。

暁は、起きていた。

ベッドに足を伸ばして座り、その上に分厚い本を開いている。

「あ、あの。暁さん」

那智は寝室に踏み出し、思い切って声をかけた。

しかし、暁は無言で本を閉じ、かけていた眼鏡と一緒にサイドテーブルに置いた。

そのまま、モゾッと横になろうとするのを見て、

「ま、待ってください」

那智がとっさに駆け寄ると、彼は黙ったまま、中途半端な姿勢で止まった。

視線だけ返された那智は、一度小さく喉を鳴らして……。

「起きてるなら、少しお話できませんか？」

「話？」

怪訝を通り越して不審を憚らない彼に、ほんのわずかに怯んだ。

妻なのに、夫に近付こうとして、真っ先に猜疑心を植えつけてしまうなんて、自分が情けなくて寂しい。

そんな思いを、気を取り直してなんとか払拭する。

「はい。暁さんが医師になってから、うちの病院に来るまでのこと、とか」

那智は、意図的に声を明るく弾ませた。

「研修医課程を修了して、そのまま海外留学に出たと、父から聞いています。最初はニューヨークですよね」

まずは、出会うまでの暁のことを、少しでも知りたいと考えて選んだ話題だった。

ところが、暁は微かにビクッと肩を震わせた。

彼から話を引き出そうと一生懸命になっていた那智は、一瞬の反応に気付かない。

「世界的な麻酔科医に師事して腕を磨いて、その次は……」

「なぜ、突然そんなことを聞きたがる？」

低く抑揚のない声を挟まれて、ギクリとして口を噤んだ。

「……俺のことなど、興味もないくせに」

暁は唇を結ぶと、まっすぐベッドに座り直した。

すべての感情を引っ込め、能面のような無表情になる彼に、那智は返事に窮す。

彼から漂ってくる、尖った鋭利な警戒心に、ごくりと唾を飲んだ。

新婚生活を開始してすぐ、父に報告に行った時のことを思い出す。

あの時、年明けの結婚式の話題になり、暁は海外から招待したい客はいないと、素っ気なかった。

ニューヨークの恩師には、電話で報告をした、と。

でも、次の勤務地のはずのドイツでお世話になった人のことは、一言も触れずにいた。

その時の記憶が蘇った途端、彼にとって、ドイツの話題は絶対的禁句なのだと直感した。

同時に、聡志の確信が正しいことも判明した。

彼は、確実に、暁の〝弱点〟を握っている。

それを突きつけて、自分を取り返すと自信たっぷりだった様子を思い出し、那智はゾクッと震えた。

きっと、暁をとても深く傷つけることになる――。

瞬時に、彼を〝止めなきゃ〟と思った。

そして今自分は、不用意に口にしてしまった質問を回収しなければならない。

ところが、暁の方が一足早く、短く浅い吐息を漏らす。

「お前、なにに首を突っ込もうとしてるんだ？」

切り出す間もなく、彼から鋭い質問を畳みかけられ、那智は口ごもってしまった。

自分から訊ねておきながら、暁は彼女の返事を待たず、

「なにか、よからぬ入れ知恵をする人間が、現れた……か？」

ベッドを軋ませて立ち上がった。

裸足のまま、足音も立てずに近付いてくる。

「入れ知恵……？　なんで、そんな」

那智は、無意識に後ずさった。

彼の心の傷の深部、ギリギリのところに踏み込んでいると自覚して、取り返しのつかないことをしてしまった後悔と、恐怖を覚える。

しかし暁は、彼女が怯えを見せても、意に介さない。

「例えば……先日帰国したばかりの、柏崎聡志」

那智を壁に追い詰めると、彼女の頭の上に、ダンと勢いよく腕をついた。

睨めつけるように見下ろされ、那智の喉がひゅっと鳴る。

（もしかして……気付かれてる？）

聡志が、元カレだということを。

全身の血管が脈打つほどの緊張に、那智は身を竦ませた。

「彼は研修医の頃から、うちの病院にいるそうだな。お前とも個人的な知り合いで、帰国後早速、挨拶にでも来たか？」

「た、ただの友人です」

暁が不快気に顔を歪めるのを見て、とっさにそんな言い訳をした。

同時に、胸がチクッと痛む。

彼が気付いているなら、隠し通すことではない。

言ってしまえばいい。

『あなたと結婚する前、結婚の約束をしていた、愛しい人だ』と。

それなのに――。

(なんで私、言い訳なんか……)

暁を知りたいと思うのは、積もる一方の疑問を解決する、糸口が欲しいから。

聡志の抱擁を拒んだのは、心はどうあれ、自分は暁の妻だから。

そうやって、暁に関して言い訳ばかりしている。

気持ちをはぐらかし、彼としっかり対峙していない自分に直面して、那智は動揺した。

それが今、確かな隙に繋がった。

「っ……う、んっ……」

自分に降ってくる彼の影が色濃くなるより早く、唇を塞がれ、那智はくぐもった声を漏らした。

もう数えきれないくらい、交わしたキス。

いつも強引に貪られ、割って入られて蹂躙される。

もはや抵抗しようとする意志は、根こそぎ取られていた。

しかし――。

「っ、っ……」

仕掛けた彼の方が、小さく息をのんだ。

まるで、なにか振り解(ほど)くように唇を離す。

那智がゆっくり目を開けると、見たことがないほど当惑した彼の顔が、瞳いっぱいに映り込んだ。

「那智……」

視界の真ん中で、男らしい薄い唇が、小さく動く。

「なんで、応えた？」

「……え？」

質問の意味がわからず、那智はまっすぐ視線を返した。

まだ鼻先が掠め合うほどの近距離で、暁が訝し気に瞳を揺らす。

「お前はいつも、条件反射的な抵抗を見せる。潜在意識で俺を拒絶しているからこその、動物的な防衛本能だ」

ほんの少しの感情もこもらない声で、淡々と自虐的に告げる。

そして。

「抵抗しないどころか、お前が舌を絡め返してきたのは初めてだ」

そう言われて、ひゅっと喉の奥を鳴らして、息を止めた。

「私……？」

反応しようとしたものの、思考回路が停止する。

自分で質問しておきながら、答えの見当はついているのか、暁は忌々しそうにハッと浅い息を吐いた。

「こんな時だけ従順になって、柏崎のことを誤魔化そうったって、そうは……」

「え。えっ。私が、絡め……!?」

真っ向から指摘され、那智の頭の中は、真っ白になっていた。

続く皮肉を完全にスルーして、カッと頬を火照らせる。

（確かに、抵抗なんかしても、もう無意味だと思ってるけど……）

だからといって、無自覚のうちに彼のキスに応えていて、しかもそれを指摘されて慌てふためいた。

茹るように熱い頬を両手で押さえ、彼から逸らした目を泳がせる。

暁は、そんな彼女に毒気を抜かれていた。

「……くっ」

顔を伏せ、くぐもった笑い声を漏らす。

「え？　あの……暁さん？」

頭上から降ってくる、愉快気な含み笑いに戸惑い、那智は真っ赤な顔を上げた。

「正直、かなり腹立たしいんだが。今のが無自覚というなら、許してやる」

「え……」

「……お前が、俺を受け入れてるってことだからな。本能に近い部分で」

わざわざ背を屈め、鼓膜に刻みつけるように、耳元にねっとりと囁かれる。

那智の胸が、意思に反して大きくドクンと跳ね上がった。

「ち、ちが……そういうわけじゃ！」

心が知りたくて近付いたせいで、彼に対して無防備になっていた。

きっと、そのせいだ。

那智は、ここでは意図的に言い訳を挟んだ。

だけど。

「んっ！　やっ……」

首筋に顔を埋め、薄い皮膚を強く吸われて、ビクンと身体を震わせた。

暁は彼女の肩を両手で掴み、唇を鎖骨に這わせてくる。
「……しようか。今なら、いつも以上に楽しめそうだ。……お互いに」
珍しく歌うような口調で誘いながら、彼女のパジャマのボタンを外していった。
「っ、あ……」
両方の胸をどこか優しい力で掴まれ、那智は思わず喉を仰け反らせた。
暁は、壁に背を預ける彼女の胸に、唇と舌で愛撫を施す。
まるで、屠(ほふ)られているみたいだ。
「あ……あ」
弱い電流のような痺れが、甘く全身に広がり、那智は切ない喘ぎ声を漏らした。
『那智。もう、蓮見先生に抱かれないで』
昨日の昼間の、聡志の悲愴な声が、頭の中でグルグルと渦巻いている。
だけど、だけど――。
押し返そうとして、彼の肩に置いた手にはこれっぽっちも力が入らない。
このままではなし崩しに抱かれるとわかっているのに、突き放せない。
『お前が、俺を受け入れてるってことだからな。本能に近い部分で』
――そうじゃない。そんなわけがない。

暁の、上から目線の発言を否定したいのに……。

強引ではなく優しい力で暴かれては、与えられる快感に震える身体を隠せなかった。

十一月も最終週を迎え、空調管理されている院内でも、半袖のスクラブでは肌寒く感じるようになった。

薄曇りのその朝、暁は来週オペを予定している患者の術前診察のため、白衣を羽織って医局から出て、外来棟に下りた。

午前の診療は始まったばかりだが、外来のロビーには、すでに多くの患者や家族が行き交っている。

診察室を目前にして、暁はふと立ち止まった。

白衣のポケットに両手を突っ込み、受付カウンターに目を向ける。

那智は今日も、カウンターの奥の医事課で、レセプトの仕事に就いているはずだ。

しかし、昨夜、風邪気味だと言って、彼と一緒のベッドに入るのを拒んだ彼女の、体調が気になる。

今朝出てくる前も、『風邪だったら、うつすといけないから』と、那智は彼から一定の距離を保っていた。

熱はなく、見たところ風邪症状は強くないようだが、顔色は優れなかった。

仕事は休めと止めたが、『休憩時間にでも、内科を受診しますから』と、彼の制止を拒否した。

ただの風邪なら、心配ないが——。

（まったく。那智は本当に、俺の言うことを聞かない）

暁は小さく肩を竦めると、気を取り直して廊下を歩いた。

診察室に入り、先に準備をしていた看護師と、短い挨拶を交わす。

デスクに着き、パソコンを操作して、電子カルテを開いた。

三十代の女性。疾患は、卵巣腫瘍。術前の生検では境界悪性という診断で、オペと並行して、摘出した腫瘍の組織検査を行うことになっている。

もし悪性の診断がつけば、その場で両方の卵巣を摘出することになる。

そこまでは、婦人科の執刀医が説明している。

麻酔を担当する暁は、今日の診察で、手術前日の処置、導入麻酔やその方法、術中に使用する薬液の効果について説明、提案をして、同意を得るのが役目だ。

万が一悪性だった場合、手術時間が長くなることも考慮し、あまり強い麻酔薬を使わない方がいい。そうなった場合、患者はたいてい、術中に覚醒するようなことはないかと心配する。

統計的には、０・２パーセント程度の確率で報告されている事象ではあるが、そんな事態を招かないために、麻酔科医がオペ室に入る。

一通り目を通し、患者の状態を確認すると、電子カルテから目を離した。

デスクの端にある、呼び出しアナウンスボタンのミュートを解除する。

「丸山さん。丸山美津子さん。診察室にお入りください」

診察室前の待合ロビーに、アナウンスがかかる。

程なくして、ドアがノックされた。患者が、「失礼します」と入ってくる。

患者に丸椅子を勧め、診察券の提示を求めた。氏名、生年月日を言ってもらい、本人確認を行う。

一連の外来マニュアルを終えると、クルッと椅子を回転させて、患者と向き合う。

「来週の手術で麻酔を担当します、蓮見と申します」

いつも通り淡々と挨拶をして、診察を始めた。

術前診察を時間通りに終えると、暁は麻酔科医局に戻る前に、ＩＣＵに立ち寄った。

看護師たちは患者のケアに忙しく、ナースステーションは閑散としていた。

現在、ICUには、重篤な呼吸不全に陥り、二十四時間体制で集中治療を要する患者が、ふたりいる。

暁は空いているパソコンを起動させて、ふたりの患者の電子カルテを開いた。

遠隔モニターを注視して、呼吸機能を観察する。

血中酸素濃度は、八十パーセント後半から九十パーセント前半を行ったり来たり。

酸素量はまだ落とせないが、ICUに受け入れた直後に比べて、だいぶ安定している。

ホッと一息ついて、パソコンをシャットダウンした。

椅子を軋ませて立ち上がり、ナースステーションを出ようとして、

「っ」

ハッと息をのみ、反射的に足を止めた。

病室から、柏崎が出てくるのを見留めたからだ。

彼の方もほとんど同時に、暁に気付く。

目が合った途端、ギクッとしたように肩を動かしたものの、すぐにスッと背筋を伸ばした。

「お疲れ様です。蓮見先生」

白衣のポケットに片手を突っ込み、こちらに向かってゆっくり歩いてくる。

「……お疲れ」

暁はその場に立ったまま、同じ挨拶で応じた。

柏崎と会うのは、那智と行った温泉旅行の後、ロッカー室で出くわして以来だ。

あの時、デュッセルドルフの大学病院でシュルツ博士に師事していたと、随分と含んだ言い方をされた。

那智にも余計な入れ知恵をしているようだし、極力関わらない方がいい。

暁は無言で、彼の横を通り過ぎようとして、

「蓮見先生。ちょっといいですか」

硬い声で呼び止められた。

「業務時間中だ。私語は慎め」

視界の端に彼を映しただけで、素っ気なく答える。

柏崎は「ちょっとだけですよ」と、わかりやすくムッとした顔で食ってかかってきた。

暁は忌々しい気分で眉根を寄せ、溜め息で返した。

「僕は、大事なオペでミスするような、未熟な医師です。院長に庇ってもらえなかっ

たら、今こうしてこの場に居られなかったかもしれない。……そのくらい、自覚してます」

悔し気に顔を歪める彼がなにを続けるか探って、唇を結んで警戒した。

「でも、蓮見先生だって、僕と同じじゃないですか」

感情が荒ぶるのを堪えるような口調に誘われ、ゆっくりと彼の方に顔を向ける。

「先生だって、次期院長に相応しい医師じゃない。……那智の結婚相手としても！」

怒気で顔を真っ赤にして、声を荒らげるのを聞いて……。

（やっぱり、そうか）

柏崎が、それをネタに仕掛けてくることは、予想できていた。

不穏な気味の悪さはあったが、はっきり仕掛けられた今、焦りも動揺もない。

暁は彼に、涼しい視線を返した。

落ち着き払った様子に、柏崎が怯んだのがわかる。

しかし、彼は虚勢を張って胸を反らし、いきり立った。

「蓮見先生。ゆっくり交渉する時間をください」

「交渉、ね」

〝話〟と言わないのは、自分と〝同じ〟、対等な立場での駆け引きのつもりだからだろう。

　暁は、鼻白んだ気分で反芻した。

　柏崎は不愉快そうに眉根を寄せたが、拒絶ではないと判断したのか、きゅっと唇を結んだ。

「今夜。午後七時に、外来のカンファレンスルームに来てください」

　力のこもった目が、逃がしはしないと告げている。

「わかった」

　暁は最後まで表情を変えることなく、短く答えた。

「では、後ほど」

　白衣のポケットに両手を突っ込み、今度こそ踵を返す。

　柏崎の刺さるような視線を背に、白衣を翻してＩＣＵから立ち去った。


　一方、その日の朝。

　那智は暁を送り出した後、職場に遅刻の電話を入れた。

『休憩時間にでも、内科を受診しますから』

　暁にはそう告げたが、那智は院長の娘であり、今は彼の妻だ。院内の全職員に顔を知られていなくても、医師には〝蓮見那智〟という名前で勘付かれてしまう。

そのため、あえて他の病院を受診した。

予約外の初診だったため、予想以上に時間がかかり、病院に出勤したのは正午を少し過ぎた頃だった。

彼女がデスクに着くのとほとんど入れ違いで、半数ほどの事務員が昼休憩に出ていった。

人の少ないオフィスで、那智はパソコンの電源を入れた。

起動するのを待つ間も、頬杖をついてぼんやりしてしまう。

ふっと目線を下げ、無意識に溜め息を漏らした。

自分の身体だから、体調不良の原因が風邪ではないのはわかっていた。

しかし、ほんの数十分前に聞いた診察結果を、頭の中で何度も繰り返し、きゅっと唇を噛む。

――どうしよう……。

風邪でも病気でもなく、よかったけれど。

(でも、まさか……)

那智は、自らに下った診断を受け止め切れず、心を揺らした。

パソコンが起ち上がったのに気付き、我に返る。

IDとパスワードを入力して、トップ画面を展開した。

スタートアップ機能で、業務に使うシステムやメールを開き――。

「っ」

暁からメールが届いているのを見つけて、ドキッと胸が跳ね上がった。

件名がなく、一覧からでは用件がわからない。

送信時刻は、ちょうど始業の頃。

那智は、彼からのメールを一番に開いた。

【風邪にしろなんにしろ、今日は早く帰って休め】

彼らしい、短く素っ気ないメール。

朝、『休め』と言われたのに出勤したのを、諌めているのだろう。

昨夜から、体調を気にしてくれていたのはわかる。

風邪や病気ではないから、心配はいらないと返信しようとして、那智はふと指を止めた。

本当の体調不良の理由を、どう報告したらいいのか……。

（メールで済ませることじゃない。ちゃんと顔を見て伝えなきゃ……）

一度強く目蓋を閉じ、

【暁さん、お疲れ様です。心配かけてすみません。今夜、何時頃帰って来れますか?】

ゆっくり目を開いた後、今夜の帰宅時間を伺う返事をした。

しかし、暁は病棟に出ているのか、オペ室に入っているのか。医局にはいないようで、返信はなかった。

那智は、遅刻のお詫びに残務を引き受けて、一時間ほど残業して退勤した。

結局、暁から返事がなかったから、彼の帰宅が何時になるかはわからないけれど、大人しく待つしかない。

(延ばし延ばしにして、いい話じゃない。何時までも待ってないと)

医事課のオフィスを出て、人気がなく薄暗い受付ロビーを、急ぎ足で横切った。

その途中。

「……あ」

白衣を羽織った暁が、階段を下りてくるのが目に入った。

「あき……」

反射的に呼びかけようとしたものの、彼の横顔が険しいのを見て、怯んで口を噤む。

暁は、明かりの落ちたロビーにいる彼女に気付かず、淀みない足取りで外来の奥の方に歩いて行った。

こんな時間に、外来棟になんの用があるのか――。

「暁、さん……？」

彼の背中に、なにか穏やかではない空気を感じた。警戒心とか、緊張感のようなものが漂っていて、いつもと違う雰囲気に胸騒ぎがする。

「…………」

那智はわずかにためらった後、思い切って床を蹴った。

白衣の背中を小走りに追ったものの、緑の非常灯に照らされた廊下を曲がったところで、見失ってしまった。

「あれ……」

ガランとした廊下の真ん中で、ピタリと足を止める。

きょろきょろと辺りを見回しながら奥へと歩を進めて、カンファレンスルームの電気が点いているのを見つけた。

患者や家族との面談に使われる部屋だ。

午後七時を過ぎているが、日中なかなか時間を取れない家族もいるし、今もそれで使用しているのかもしれない。

会話の邪魔になってはいけないけれど、他に光源がないから、足音を忍ばせて近付いていった。

すると。

「なんだ？　交渉って」

カンファレンスルームから、暁の声が聞こえた。

「……？」

どうやら、家族を集めてのカンファレンスではないようだ。

彼の声がいつもより硬く聞こえたから、気になって、立ち去ることもできない。

部屋の前でどうしようか考え、立ち尽くしていると。

「わかってるでしょう？　那智を、返してほしいんです」

自分の名前が出てきて、思わず息をのんだ。

同時に、部屋の中で暁と対峙しているのが、誰かわかる。

（聡志……なに？　交渉って）

彼が、暁の弱みを武器に取り、自分を奪い返すと言っていたことを思い出した。

部屋の外にいても、室内に漂う不穏で険悪な空気が感じ取れて、那智は恐る恐るドアに近寄った。

立ち聞きなんてしてはダメだと思っていても、ドア越しに耳を澄ましてしまう。

「返す？」

暁が、短く声を返した。

呆れ果てているのが、その口調から滲み出ている。

「那智だけでいいんです。この病院の後継者の座なんて、僕はいらないから」

室内では、聡志がそう返事をしていた。

「……どういう言い分だ？」

暁がどんな反応を見せたか、ドアの外からはわからないけれど、ものすごく不快気に眉間に皺を刻んでいるのは、容易に想像できる。

那智は、嫌なリズムで打ち鳴る胸に手を当て、ごくりと唾を飲んだ。

「蓮見先生は那智のことを愛してないのに、この病院の後継者になるためだけに、娶るなんて言い出した。だったら、彼女はいらないでしょう？」

悔し気に訴える聡志に、暁がハッと声に出して息を吐く音が聞こえる。

「決めつけるな。俺は、那智を愛しているよ」

「っ……」

思いがけない即答にドキッとして、声が漏れそうだった。

那智は慌てて両手で口を押さえ、気配を消そうと、ドアに背を向ける。

「嘘だ。先生は僕のことが疎ましかった。だから、僕への腹いせで那智を」

「言いがかりはやめてくれないか」

暁が、素っ気なく返した。

「それとも……お前には、俺に疎まれる心当たりでもあるのか」

彼は飄々（ひょうひょう）として、流暢（りゅうちょう）に言って退ける。

そのせいか、惚けているように聞こえるけれど、どこか、聡志の〝言いがかり〟を肯定しているようでもあって――。

（なに？　暁さんが聡志を疎むって、腹いせって……いったい、なんで）

那智は、頭の神経がこんがらがりそうなほど困惑した。

しかし次の瞬間、思い至った。

（ふたりの接点……あのオペしかない）

もう三カ月近く前、赤城総合病院で行われた、元大物政治家の心臓手術。

執刀医である父に志願して、第一助手を務めることになった聡志は、俄然張り切っていた。

麻酔科医の任に就いたのが暁だということも、後になって聞き知った。すべてがあのオペを境に一変したことを思えば、そこにこそ、疑惑の根源があると言っていい。

(オペ中に、なにかあった？　でも……)

オペは、成功したと聞いている。

患者もその家族も、執刀医を務めた父やケアに当たった看護師に、お礼を言って退院していった。

はたから見ればなんのトラブルも窺えず、疑問を挟む余地もない。

「蓮見先生は、院長が僕を庇ってくれても、最後まで反対した。……真実を説明すべきだって」

室内で聡志が話すのを聞いて、自分と暁の結婚が決まった時、彼もその場にいたと言っていたことを思い出した。

あのオペの後、父と暁と聡志の三人。いったいなんの話をしていたのか——。

思考回路をフル稼働させた途端、那智の脳裏に以前暁が口にした、不穏な言葉がよぎった。

『……本当は、彼のミスで、無事成功なんて言えたもんじゃなかった』

『院長は柏崎を庇って、オペに関わった人間に箝口令を敷いた』

那智の胸が、ドクッと沸いた。

（あれは、私が聡志のことを気にしたから機嫌を損ねて、辛辣な作り話で意地悪したんだと思ってた。でも、全部本当のことだった？）

だから暁は激情に駆られ、聡志を擁護した自分に激昂した……？

頭の中でも、血管が脈打っているような、どうしようもなく不快な感覚。

なにか、ゾクッと込み上げるものを感じた。

これ以上は、聞く勇気がない。

那智は、そっとドアから背を離した。

室内では、聡志がまだなにか暁に向かって続けていた。

だけど、那智は踵を返して、カンファレンスルームの前から逃げ出した。

知りたいと思っていたのだから、足が竦んでも最後まで聞き届けるべきだと、自分ではわかっていた。

それでも、今日は朝から予想外なことが多すぎて、これ以上は受け止め切れない。

心も頭も、すでに飽和状態だった。

その夜、暁は、午後十一時半を過ぎた頃、帰宅した。

寝室に入り、那智がすでにベッドの端で身を丸くして眠っているのを見て、溜め息をつく。

シャワーを浴びようと、無言で寝室を出た。

強めに出したシャワーが、スコールのように降り注ぐ。

暁は固く目を瞑って顔を伏せ、熱い湯に身を打たせた。

目蓋の裏に浮かぶのは、ベッドの端っこで丸くなって眠っていた、那智の姿。

午前中に内科を受診したはずだ。

【早く帰って休め】とメールを送っておいたが、彼女が素直に自分の言うことを聞くとは、やや拍子抜けした。

彼女からは、返信メールが来ていた。

【大丈夫です】と書かれていたが、まだ体調が優れないのかもしれない。

最後に、帰宅時間を問われていた。

今日は午後一番で緊急手術に駆り出され、気付くのが遅く返事ができなかった。

この間のように、なにか用があったのか？

もし返せていたら、那智は起きて待っていたのだろうか——。

シャワーコックを手探りして、湯を止めた。

肩を動かし、大きく息を吐いてから、一度ぶるっと頭を振る。

両手で前髪を掻き上げ、後ろに撫でつけた。

曇った鏡に映る自分を、鋭く見据える。

『先生だって、次期院長に相応しい医師じゃない。……那智の結婚相手としても！』

柏崎の怒声が鼓膜に刻み込まれていて、頭の中でグルグル回る。

耳障りで、どうしようもなく不快だ。

「……ちっ」

忌々しい思いで舌打ちすると、暁はバスルームを出て、脱衣所でバスタオルを腰に巻いた。

もう一枚タオルを取って頭から被り、わしゃわしゃと乱暴に髪を拭う。

裸足の足に目を落とし、「ふう」と声に出して息をついた。

柏崎は、彼を自分と同じだと言ったが……。

「同じじゃない。お前と一緒にするな」

身体の横で固く拳を握りしめ、ギリッと奥歯を噛んだ。

暁は聳(そび)えるように高い権力の壁に屈して、真実を明かさず蓋をした。

患者への説明義務に背くという、医師としての倫理観を犠牲にした。

それが、彼が一生抱えていく悔恨、そして、解けない呪縛だ。

上辺の事実だけをなぞれば、真実から逃げたという意味で、確かに柏崎と変わらないかもしれない。

しかし、院長に庇われ、自分自身のミスから逃れた彼とは、本質が違う。

暁の業は、彼自身が嘘に塗れて火柱になったこと。

自身の潔白を、訴え出なかったことにある。

(那智と別れると約束してくれないなら、シュルツ博士から聞いた俺の〝ミス〟を院長に報告する……と言っていたな)

外来のカンファレンスルームで、そう息巻いた柏崎を思い出す。

そもそも、シュルツ博士が彼に話した〝ミス〟そのものが嘘なのだから、誰になにを話してくれても構わない。

しかし――。

(那智……)

彼女が聞いたら、柏崎が言うままに信じるだろう。

那智からの信頼度という点では、暁は彼の足元にも及ばない。

それを自覚しているから、黙って唇を噛んだ。

その週末の夜、母から父が帰国したと連絡を受け、那智は暁と共に、結婚後初の食事会に出向いた。

高級ホテルの最上階にあるフレンチレストランは、ミシュランで三年連続三つ星の評価を受けている、都内でも有数の名店だ。

那智はドレスコードに沿って、しっとりとしたラベンダー色のワンピースを身に着けていた。

ここに来る直前まで仕事に出ていた暁も、ビシッとしたブラックスーツだ。

「どうした？　那智」

テーブルを挟んで斜め前から、父が那智を見遣って、ふっと眉根を寄せる。

「顔色が優れないな」

「すみません。ちょっと風邪気味で……今夜は、お酒は控えておきます」

那智がぎこちなく微笑むと、真正面の席の母が「あらあら」と眉を曇らせた。

「気をつけなさい。年明けには、結婚式も控えているんだから」

那智は、横顔に暁の視線を感じて、笑みを張りつけたまま、

「は、い……」

　曖昧に答えて、俯く。

　そのタイミングで、テーブル担当のウェイターが前菜を運んできた。

　サーブしてもらう間、食事の席に沈黙がよぎる。

　ウェイターが料理の説明をして、恭しく一礼して下がると、

「さあ、乾杯しようか」

　父が、食前酒のグラスを持ち上げた。

　那智がミネラルウォーターのグラスを取る隣で、暁もそれと同じグラスに手を伸ばした。

「なんだ、蓮見君。君も水か？」

　父から不服そうに問われて、暁は目尻を下げて小首を傾げる。

「車なので」

「なんだなんだ。ふたりして」

　飄々と返す彼に、父は咎めるように溜め息をついた。

「食事会なんだから、酒を勧められることくらいわかっているだろう。どうしてわざわざ車で来るんだ」

暁と酒を酌み交わすのも、今夜の楽しみのひとつだったのだろう。

いつになくネチネチと文句を言う父の前でも、暁は特段表情を変えない。

彼が理由を説明しないから、那智は恐縮して肩を縮める。

「お父さん、ごめんなさい。もちろん、暁さんもそのつもりで、電車で来る予定でいたんだけど……」

顔色が優れないことは、マンションを出る際に、暁からも指摘されていた。

『随分と長引くな。本当に風邪か？』

病院を受診してから、すでに数日経っている。

暁には、やはり風邪だったと報告してあるが、彼もさすがに不信気だ。

『今夜の食事会は、遠慮した方がいいんじゃないか』

ネクタイを結ぶ手を止めてそう言われて、那智は慌てて首を横に振った。

『ひどくはないので、大丈夫です』

暁はなにか言いたそうだったけれど、顎を引いて目を伏せ、浅い息をついた。

『なにかあっては困るから、車で行こう』

こうして、車を出してくれたせいで、彼は父から皮肉られる羽目になってしまった——。

「まあまあ。仕方がないですよ」

隣から母に取りなされ、父は軽く肩を竦める。

「次の機会に、とことん付き合ってもらうとするか」

暁に宣言するように言って、四人はグラスを掲げて乾杯した。

食事が始まると、父が早速、オーストリアでの学会の話題を持ち出した。

会話に応じるのは、同じ医師である暁だ。

世界でも最新の心臓麻酔技術の話に、真剣に耳を傾けている。

那智はその横顔をチラチラと窺い、いつの間にかナイフとフォークを持つ手が止まっていた。

「那智、あまり進まないわね。食欲もないの？」

正面に座る母から心配そうに訊ねられて、ハッと我に返る。

母の発言に気を取られたように、暁も父も、彼女に視線を注いだ。

気付けば、三人の皿は空になっていた。

那智の前菜だけ、ほぼ手付かずで残っている。

「い、いいえ。そんなことは……」

那智は急いで取り繕って、皿に目を落とした。

（やっぱり、食欲湧かない。胸が苦しい。でも、ちゃんと食べないとみんなに心配されてしまう……）

食欲不振を自覚しておきながら、暁の制止を拒んだ手前、やたらせかせかとフォークを口に運ぶ。

心配されないよう、食べることに集中するのが精いっぱいだ。

その上、

「お仕事の話ばかりじゃなんですから」

母が仕事人間の男ふたりを窘め、那智と暁の結婚式の話題を振ってきた。

父に代わって会話の中心になってしまい、食事のペースが、皆からますます遅れていく。

結局、どの料理も半分も食べられないまま、食後のコーヒーが運ばれてきた。

それを機に、暁が父に「院長、ちょっと」と声をかける。

そのまま、男ふたりで、バーカウンターの方に離れていった。

テーブルには、那智と母だけが残る。

妙な疲労感が肩に圧しかかり、那智は無意識に深い溜め息をついた。

コーヒーカップを手前に引き寄せ、ミルクを注ごうとすると。

「那智、コーヒーはやめておきなさい」

紅茶のカップをソーサーから持ち上げた母に、そう制された。

「は……」

素直に返事をしかけて、那智はピタリと手を止める。

そして、弾かれたように顔を上げた。

「お母さん……」

当惑した声で呼びかけると、母はカップに息を吹きかけ、紅茶を一口飲んでから口を開いた。

「暁さんも、那智の食事が進まないから、ずっと気にしてたわよ。彼にはまだ言ってないの？」

さらりと見抜かれ、那智は思わずグッと詰まった。

一度手元に目を伏せ、コーヒーカップをテーブルの端に押し戻す。

「早く伝えてあげなさい。大事なことでしょ」

「…………」

那智が、素直に頷けない理由は……。

（お母さんなら、なにか聞いているかもしれない）

「……お母さんは、知ってる？」

改まって背筋を伸ばし、質問で返した。

「九月の初め頃……病院で、ＶＩＰ患者のオペがあったこと」

「え？　ああ……なんとかっていう政治家だったかしら？」

彼女の問いかけに、母は一瞬訝し気に小首を傾げたけれど、目線を上に向けて答えてくれる。

「そう、お父さんが執刀医だった」

はっきりと記憶を導くために、那智がそう付け加えると、母も何度も頷いた。

「そうそう、連日ニュースになってたわね」

「あのオペ、暁さんも麻酔科医として、関わってたの」

「そうらしいわね」

「知ってた？」

母はカップをソーサーに戻しながら、「ええ」と相槌を打った。

「そのこと、お父さんからなにか聞いてる？」

那智は、縋る思いで身を乗り出す。

「なにかって？」

「そのオペ中に……トラブルがあった、とか」

辺りを気にしながら、声を潜める。

「いいえ?」

母は、これといって表情を変えずに、静かに答えた。

「そう……」

当てが外れ、那智はがっかりして椅子に腰を戻す。

「お父さんは、昔から仕事の話は私にしないもの。なにか知りたいなら、暁さんに聞いてみたら?」

「それが、できないから……」

溜め息交じりにボソッと呟いた声は、母には届かなかったようだ。

「え?」と聞き返されて、面を伏せてかぶりを振る。

しかし。

「それじゃあ……暁さんが麻酔科医を務めたこと、お父さんに聞いたんじゃないの?」

仕事の話はしない、と言っていたのに、矛盾を感じて問い詰める。

「麻酔科医は外科や内科と違って専門性が高いから、代わりがきかないでしょう?自分が執刀するオペなら、全幅の信頼の置ける医師を抜擢したに決まってるわ」

母の返事は淀みないけれど、那智にはその言葉が引っかかる。

（聡志だって、信頼されてたから、選んでもらえたはずなのに……）

一瞬、聡志に思考を揺らしながら、吹っ切るように頭を振った。

そして、

「お父さんが暁さんを信頼してるなんて、どうしてわかるの」

テーブルに両腕をのせて、そこに体重を預けながら質問を重ねる。

「優秀な麻酔科医が、那智を娶りたいって申し出てくれたって。彼になら那智を安心して預けられるって、お父さんが報告してくれたから。そのオペに入ったのも暁さんだと思っただけよ」

「……私だけじゃなくて、病院も。そうでしょ？」

やや自嘲気味に目線を横に流すと、向かい側で母はパチパチと瞬きをして……。

「那智。お父さんが暁さんと結婚させたのは、病院の将来のためだと思ってたのね」

合点した様子で、困ったように眉尻を下げた。

「確かにそれもあるだろうけど、優秀で立派ってだけじゃない。言ったでしょ、全幅の信頼を寄せてる暁さんからの申し出だから、お父さんは安心して大事な娘を託したんじゃない」

「暁さんの申し出、って。それだって……」

「那智」

納得いかずに瞳を揺らす彼女を咎めるように、母が眉根を寄せた。

「なにか暁さんに思うところがあるのね。だから、聞きたいことを聞けない。大事なことも報告できない」

ズバリ突きつけられて、那智はグッと言葉に詰まった。

それを見て、母が目元を緩める。

「確かに……暁さんって、言葉が足りない人かもしれないわね。不器用だし、誤解されやすい」

彼をどう言い表すか、その言葉を考えるように、目線を上げて呟く。

那智も、その表し方には同意して、無言で頷いた。

「だけど、お父さんは、彼の仕事ぶりや人となりを認めて、信頼している。暁さんは、自分にもあなたにも誠実な気持ちで、『娶る』と言ってくれたはずよ」

「自分にも、誠実……」

無意識にその言葉を繰り返すと、母が律儀に「そう」と相槌で返してくる。

「病院の後継者になるなんて、長い人生において、結婚と比べたら全然大事(おおごと)じゃないって思わない？」

「………」

「今回、暁さんは多くのものを背負ったけど、一番大きなものは、自分自身の人生を左右する結婚。その上次期院長なんておまけつきの重大な結婚、あなたを愛してるから、決断してくれたんでしょう。那智、これ以上なにを疑うことがあるの？」

那智は大きく目を瞠り、息をのんだ。

母の声が、やけにふわふわと聞こえる。

母が話してくれたことすべてが、那智の感覚と大きくかけ離れていたからだ。

『決めつけるな。俺は、那智を愛しているよ』

あれは、聡志をはぐらかすための方便ではなかった？

――本心？

「っ」

自分の思考に、動揺した。

それなのに胸がきゅんとして、途端に勢いよく加速する鼓動に焦り、反射的に手で押さえつける。

（なんだろう……。心が、弾む）

頬が熱を帯び、どうにも落ち着かない気分で、レストランの隅にあるバーカウンターに目を遣った。

父と並んで背の高い椅子に腰かけている、暁の姿を見つける。

ふたりともこちらに背中を向けていて、表情を窺うことはできない。

だけど、那智の胸は、心地よい速度で高鳴っていく。

それはまるで、彼と一緒に音楽を演奏している時のそれと同じ、華やぐ高揚感のようで——。

「……那智」

いつの間にか紅茶を飲み終えていた母が、テーブル越しに優しく呼びかけてくる。

ハッとして目線を戻す那智に、

「改めて、暁さんと幸せにね」

そう言って、微笑みかけた。

暁は、院長を誘ってバーカウンターに移動すると、意識的に人の耳を避け、一番端の椅子を引いて腰を下ろした。

カウンターの向こうの男性バーテンダーに、申し訳程度にスパークリングウォーターをオーダーする。

院長も彼の隣に並んで、

「家内や那智の前では、話せないことか」

訳知り顔で用件を促してくる。

暁は、一度首を縦に振った。

「……あの後、なにか言ってきましたか」

カウンターに置いた自分の手に目を落とし、声を潜めて切り出した。

視界の端で、院長の指がピクッと動いたのを認める。

その時、

「お待たせしました」

バーテンダーがふたりの前にグラスを並べた。

彼が離れていくまで、いやがおうでも無言になる。

暁は、小さな吐息を漏らして、気を取り直した。

「いん……」

「蓮見君が言っていた通り、耳に入れておきたいことがあると訪ねてきたよ。ドイツでシュルツ博士から、術中の君の麻酔ミスについて話を聞いた。院長はご存知ですか、と」

院長は、彼を先回りして遮って、グラスを口に運んだ。

スパークリングウォーターを一口含み、ゆっくり喉に流し込む。

暁は黙ったまま、何度か頷いて返した。

その表情は憂いを帯びているが、落ち着き払っている。

柏崎が、那智を奪い返す武器になると確信している、暁が背負った過去の〝医療事故〟。

それを院長に密告して、彼が次期院長の器ではないこと、ひいては那智の夫としても相応しくないことを直訴して出るのは想定内だった。

「柏崎君は、私が知らないと思っていたんだろうな」

院長が、グッとグラスを傾けて、喉を潤わせる。

「蓮見君が自分と同じように、オペでミスをしたことがあるのを知っていたら、君の申し出も受けなかったはずだと」

暁は、両手で支え持ったグラスに目を落とした。

「……院長」

声を低くして、静かに呼びかける。

「なぜ、柏崎をあの病院に行かせたんですか」

横から、視線だけ返されるのがわかった。

彼の脳裏に、赤城総合病院に辿り着き、初めて院長と対面した時の記憶がよぎる。

院長は、ドイツでの医療事故のことを、暁に会う前から知っていた。

『君のミスで患者が亡くなったというのは、本当か？』

事故の真実、核心をつく質問をされて、権力者への激しい不信感を募らせていた暁は、あえて弁解しなかった。

すでに、自分が責を負う形で、落着した事故だ。

信じてほしいなんて思わない。疑うなら、不採用にすればいい話だ。

院長は、半ば自暴自棄だった彼の一挙手一投足を、一瞬たりとも見逃さない目力で観察していた。

彼が唇を結ぶと、ふっと吐息を漏らし、組んでいた足を解いた。

そしてソファから立ち上がって、暁に手を差し伸べた。

『君が当院でどれほどの働きを見せられるか。答えはすべて、これからの君を見ていれば、おのずとわかってくる』――。

あれから、院長が彼をどう評価したか、聞くこともなかった。

とはいえ、那智の恋人だった柏崎を拒み、暁との結婚を認めたのは、この三年で信頼を得たからだと思っていた。

(それなのに……なぜ。柏崎が俺と同じ病院で働いていると知ったら、シュルツ博士が黙っているわけがないのに)

苦い思いで顔を歪めた時。

「自分の身を守るために、他人を犠牲にする嘘をつくと、普通の人間なら、時が経つにつれ罪悪感に潰される。君がうちの病院に来て三年……そろそろシュルツ博士も、真実を話せる頃じゃないかと考えていたんだよ」

飄々とした口調で返され、暁は一瞬言葉に窮した。

しかし、小さな溜め息をついて、かぶりを振る。

「残念ながら、シュルツ博士は今でも、私のミスだと吹聴しているようです。柏崎の土産話を聞いて、院長が私を、後継者に相応しくないと思われるなら……」

「なぜだ？　君はドイツで麻酔ミスなど犯していないだろうが」

暁の言葉を先回りして、さも当然というような口ぶりの院長に、彼はゆっくり顔を向けた。

院長はまっすぐ前を向いたままだが、彼の視線を感じているようだ。

「私は君を信頼して、娘も病院も託したというのに。君は私に信用されていないと思っているのか？　寂しいねえ」

どこか皮肉気に、しみじみとした口調で続けるのを聞いて、暁はきゅっと唇を結んだ。

「……院長」

熱いものが胸に込み上げてきて、掠れた声で呼びかける。

なにを言おうとしたのか、自分でもわからない。

言葉を探して黙り込む彼に、院長は柔らかく目尻を下げた。

「柏崎君には、余計なことに気を取られず、業務に邁進しろと言っておいたよ。蓮見君も、気にしなくていい」

せっかくの食事会で、無粋な話はこれで終わりだと言うように、やや声を明るくして、彼の肩をポンと叩く。

「……ありがとうございます」

暁の謝辞は、ほんのわずかに詰まった。

しかし、先日話した時の柏崎の興奮ぶりを思い浮かべると、楽観視はできない。

(院長に取り合ってもらえないなら、次はきっと、直接那智に……)

苦々しい気分になって、彼は初めて表情を変化させた。

口元に手を遣り、ほとんど無意識に背後を振り返る。

窓際のテーブル席に、義母と向かい合って座っている那智を視界に映した。

院長は暁の仕事ぶりを三年見て、あの医療事故はただの濡れ衣で、彼はミスをしていないと信じてくれた。

しかし、那智は……?

暁は、自嘲めいた笑みで顔を歪ませた。

食事会を終えてマンションに戻る車の中で、那智はハンドルを握る暁の手ばかり見ていた。

母との会話で聞き知ったことで、頭の中はいっぱいだった。

本当だろうか。本当に彼は、自分を愛してくれていたのだろうか。

母の言葉は理路整然としていて、疑心が前提にある那智の心にも、すんなり入ってきた。

しかし、それならなぜ、暁は『自分を好きになれとは言わない』だなんて言ったのか。

なぜ、最初から、那智の心を求めなかったのか。

(私を好きなら、『好きになれ』って言うのが普通だったんじゃ……?)

那智はいつもと違う不思議な鼓動を鳴らす胸をギュッと押さえて、暁の心を探った。

必要とされていないようで、本当はとても求められている。

相反する奇妙な感覚の狭間でふわふわして、身も心も落ち着かない。

「っ……」

那智は、彼の手から目を逸らし、窓の外を見遣った。

彼の心に期待して、胸が弾むのを誤魔化せない。

(本当は、今すぐ確認したい。私のこと好きですか、って。……好きって、言ってくれたら……)

那智はちょっとそわそわしながら、横目で彼を窺った。

暁はどこか思い詰めたような、物憂げな表情をしている。

ホテルを出て両親と別れてからずっと、口を閉ざして黙り込んだまま、一度も自分を視界に入れてくれない。

父とバーカウンターに移動して、交わした話が原因だろうか。

（私やお母さんには関係のない話。病院のこと？　仕事のこと？　……もしかして、例のオペのこと……？）

なにを話していたのか気になるけれど、やはりここでも心の溝が邪魔をする。

不用意に踏み込んで、また彼の傷に触れてしまったら……と恐れ、躊躇してしまう。

それに。

（暁さんに聞きたい、知りたい、だけじゃない。私にも、伝えなきゃいけないことがある）

だからその前に、聡志と話さないと――。

那智は、膝の上に置いたバッグを、ギュッと押さえつけた。

十二月に入り、やや冷たい木枯らしが吹く、冬晴れのその日。

昼時、那智は中庭のベンチに座り、ぼんやりと空を見上げていた。

制服の上からコートを羽織り、首にはストールを巻いて、両手でホットココアとコーヒーの缶を持っている。

寒さ対策を万全にして、聡志が来るのを待っていた。

両親との食事会の後、彼に【できるだけ早くふたりで話がしたい】とメールを送って、二日経った今日、ここで約束をした。

この間のように、多目的ホールを指定できればよかったが、あいにく、外部講師を招いた講習会が催されていて、人目を避けるには外に出るしかなかったのだ。

ベンチに座ってから十分ほど。

中庭に植樹された木々をぼんやりと見ていると、レンガ畳の遊歩道を駆ける足音が近付いてきた。

顔を向けると、こちらに向かって走ってくる聡志を見つけた。

「那智！」

那智が小さく手を振って合図すると、彼は目の前まで来て足を止める。

「ごめん。お待たせ」

わずかに息を弾ませ、ニッとはにかんだ笑みを浮かべる。

「ううん。ごめんね、忙しいのに」

那智がホットコーヒーの缶を差し出すと、「サンキュ」と言って受け取り、隣に腰を下ろした。

そんな彼の横顔をチラッと見遣って、

「……寒くない？」

スクラブの上に白衣を着ただけという服装を気遣い、首のストールを外そうとした。

途端に、「全然」と返される。

「病棟では動き回ってるからね。むしろちょうどいいくらい。那智、冷やさないようにちゃんとしとけ」

明るく笑って、二の腕に力瘤（ちからこぶ）を作る仕草を見せる彼に、那智もほんの少し目尻を下げた。

黙って自分の膝に目を落とし、ホットココアの缶を開ける。

聡志も彼女に倣って、缶コーヒーのプルトップを引き、

「で？　今日は、どうしたの？」

と、促してくる。

那智は手元の缶をジッと見つめ、口に運んで一口飲んだ。

再び膝に戻し、軽く息を吐いてから、彼の方を向く。

「この間の、話、なんだけど」

一語ずつ切って、ややたどたどしく切り出す。

彼女の視界で、聡志の指がピクッと動いた。

けれど、特段表情を変えずに、「ああ」と相槌を打つ。

「そのことなら、俺もお前に話したいことがある」

「え？」

「……那智の方から聞くよ。なに？」

先を譲られ、那智は一度頷いた。

そして。

「あき……蓮見先生のこと、なんだけど」

肩に力を込め、目を伏せて告げる。

彼がわずかに息をのんだ気配が伝わってきて、思い切って顔を上げた。

「聡志がドイツで彼のなにを聞いたか知らないけど……そっとしておいてあげてほしいの」

聡志は眉根にくっと力を込めて、彼女を見据える。

「少し前に、蓮見先生が夢を見てうなされてたことがあって……一生付き纏う嫌な現実、そう言ってた」

あの夜のことを思い出し、那智の顔はどこか苦痛に歪む。

「聡志は私を奪い返すって言ったけど、多分きっと、彼をすごく傷つけてしまう。だから……」

「傷つかなかったよ。全然」

「っ、え？」

身を乗り出して言い募っていた那智は、彼の一言に虚を衝かれ、聞き返した。

「まさか……蓮見先生に、言ったの……？」

聡志は、無言で一度頷いた。

呆然と目を瞠る彼女に目もくれず、両手で持った缶を膝の上に置き、睨むように見つめている。

「傷つくどころか、お前と一緒にするなって、俺のことをまるでクズ扱いだった……」

語尾を尻すぼみにして、悔し気に奥歯を噛む。

「一緒って？　どうして蓮見先生は、聡志にそんな……」

怪訝な思いが強まり、那智は彼の横顔を穴が開くほど見据えた。

聡志は少しの間、心を揺らすように黙っていたけれど。

「……那智。これは、どうか、他言無用で頼む」

硬い声で前置きして、静かに語り出した。

それは、数多くの疑問の中でも、那智が一番真実を知りたいと思っていた、父が執刀医を務めたオペの話だった。

この間立ち聞きしてしまった会話の断片を繋ぐだけでも、なにかよからぬことが起きたことは察していた。

それでも、すべての感情を押し殺し、表情すら失くして、起きた事実だけを淡々と語る彼の隣で、那智は絶句した。

聡志は語り終えて一息つくと、なにかを吹っ切るように勢いよくコーヒーを呷った。

茫然自失状態の彼女を横目に、自嘲気味に口角を歪める。

「院長が執刀するオペ……那智との結婚報告を前に、浮き足立ってたのは否めない。異変に気付いた蓮見先生に指摘されて、俺が剥離を担当した部分に出血を見つけた時、止血もままならないくらい動揺した」

意図的なのか、彼は抑揚のない声で、他人事のように静かに語る。

「術式を変更して、オペは成功した。術中の状況によって変更があることは、患者には同意書をもらってるし、医療事故じゃない。院長も、家族への説明の際、俺の手技ミスについては伏せてくれた。でも、蓮見先生ひとりが最後まで反対して……俺は、頼んだんだ。黙っていてくれ、と」

「聡志……」

「だってそうだろ。もう患者側に説明した後だ。後から余計なことを言っても、院長にも病院にも不利益でしかない。なのに……黙っている条件だって、蓮見先生は那智を……」

その時のことを思い出したのか、聡志の手がカタカタと震えた。

「院長が、蓮見先生になら任せられるって言うのを聞いて、ショックで絶望した。院長が俺の医師生命を守ってくれたのは……那智を奪われる俺への憐れみ……それだけだったのか、って」

悲愴に顔を歪める彼に、那智はかける言葉を見つけられず、黙って面を伏せる。

「……でも」

聡志はズッと洟を啜った後、声色を変化させた。

「俺はドイツで、世界的な心臓外科医から聞いた。……三年前。シュルツ博士とチームを組んだ蓮見先生は、麻酔ミスを犯した。そのせいで、患者が術中死したって」

「……え」

はっきりと、言葉を切るように告げる彼の薄い唇を、那智は瞬きも忘れて見つめた。

「その後先生は、病院を追われて日本に帰国。この病院に来たんだ」

彼の話を頭で理解するより先に、心臓がドクッと嫌な音を立てて沸く。

「俺は、大事なオペでミスする未熟な医師で、那智に相応しい男じゃないって判断された。でもそれなら、蓮見先生だって同じじゃないか。俺は、諦めて身を引こうなんて、思っちゃいけなかったんだ！」

彼の悲痛な叫びが、頭の中で木霊した。

鼓膜に直接刻み込まれ、ジワジワと胸に浸透していく。

「那智。俺と一緒に、蓮見先生に話をしよう」

いきなりガシッと手を掴まれ、那智の胸はドクッと跳ね上がった。

グッと顔を覗き込まれて、改めて彼に目の焦点を合わせる。

「先生の目的は、この病院の後継者になることだから、なってもらえばいい。でも、那智は先生と離婚して、俺と」

聡志が必死の形相で説く途中で、那智はふるふると首を横に振った。

「ごめん、聡志。……それはできない」

「っ、那智、どうして！」

強く手を引いて揺さぶられて、一瞬ためらった後――。

「父が聡志のこと、私に相応しくないって判断したのは……そのミスだけが理由、なのかな」

「っ、え？」

聡志が、喉に引っかかったような声で聞き返す。

「聡志……どうして、蓮見先生に黙っててくれなんて頼んだの？」

胸に詰まるほどの感情を抑え、静かに問いかける那智に怯んだ様子で、忙しなく瞬きをする。

「どうして、って……。那智と結婚するためだ。俺は、こんなことで医師生命を失うわけにいかなかった。だから……」

感情の乱れが声にも滲み、最後は消え入る。

那智は黙って目を伏せ……。

「私、赤ちゃんができたの。蓮見先生の、赤ちゃん……」

喉に引っかかって掠れる声で告げると、聡志が大きく息をのんだ。

「え……」

驚愕に目を見開き、表情を凍りつかせる。

だけど、すぐにハッと我に返り、

「構わないよ。俺たちの子供として、一緒に育てよう。だから」

瞳を揺らしながら、そう言った。

「蓮見先生と離婚できない理由が、それだけなら……」

それでも、那智はかぶりを振った。

「それだけじゃないの。……私は……」

言いかけて、口を噤む。

無意識に俯き、お腹を見つめてから、そっと目を閉じる。

そうやって、自分の心に答えを探す。

(俺を好きにならなくていいって言った暁さんに、私は反発心しかなかった。こんな悪夢みたいな結婚生活が、この先一生続くのかって、絶望もあったけど)

暁の子供を妊娠したと知って、彼女の胸は温かいもので満たされた。

お腹に宿った小さな命に対して、沸々と湧いてくる喜びを、母性の芽生えと言っていいのだろうか。

母親の自覚というにはまだまだだし、ちょっとくすぐったい思いの方が強い。

「愛の結晶……なんて、クサい言い方はしないけど。……なんでかな。私、嬉しかったの」

母に、言われた。暁は不器用な人だと。

那智自身、自分との結婚は、病院の後継者になるという野心あってのことだと、誤解していた。

だけど、違う。彼は、自分にも那智にも誠実に、結婚を申し出てくれた。

それなのに真意を明かさずにいたのは、きっと、今聡志が話してくれた出来事のせいなのだろう。

彼の本心を確信できる今、那智は心の底から、彼とちゃんと寄り添いたいと思えた。

「蓮見先生に、この子のことを教えたい。私は、〝パパ〟と一緒に育てたい」

「……那智」

「だから、ごめんね。私、離婚はしない」

ゆっくり腰を上げ、コートの埃(ほこり)を軽く払うと、硬く強張った顔を上げた彼を見下ろした。

「那智。……それは、恋なのか」

聡志は半分惰性のように、ノロノロと立ち上がった。

まるで、彼女からの決定打を恐れているような、泣きそうな顔をしている。

一瞬、ザッと梢が鳴るほど、強い風が吹いた。

那智の柔らかい髪が煽られ、聡志の白衣が風をはらんでバタバタと鳴る。

那智は、髪を押さえながら微笑んで――。

「……そうなるといいなって、思う」

それだけ返事をして、歩き出した。

背中に、聡志の視線を感じながら、一度も振り返ることなく、彼から離れていった。

仕事を終えた那智がまっすぐマンションに帰ると、昨夜夜勤だった暁は、リビングのソファで本を読んでいた。

「お帰り」

ドアを開けた途端に声をかけられ、那智は反射的にビクッと肩を震わせた。

けれど、すぐに取り繕って、笑みを浮かべる。

「た、ただいま帰りました。暁さんも、昨夜はお疲れ様です」

暁は、無言で何度か頷いて応じる。

「すぐに夕食の支度しますね」

そう言って、そそくさとキッチンに移動した。

妊娠が判明してから、徐々につわりが強くなってきている。

正直なところ、食事の支度をするのも辛い。

それでも、今夜は暁が家にいる。

ふたりで食事をする大事な機会を、逃したくない。

一緒に食卓を囲んで同じものを食べ、和やかに会話をしながら……いや、その後でもいい。

彼に、妊娠を報告しようと思っていた。

(春雨とハムときゅうりの酢の物、ささみの梅しそ挟み焼き、それから……)

冷蔵庫を開けて、食材を吟味していると、頭上から濃い影が落ちてきた。

「え?」

思わず振り仰ぐと。

「食欲、ないんだろ? 無理して作らなくてもいい」

いつの間にキッチンに入ってきたのか、真後ろに暁が立っていた。

「っ!」

今日、この後の計画で頭がいっぱいで、完全に無防備になっていた那智は、ドキッと胸を跳ね上げた。

　驚きすぎて、表情が固まってしまうのを、隠しきれない。

　暁が、ふっと眉根を寄せた。

「い、いえっ！　大丈夫です」

　那智はクルッと回れ右をして、身体ごと向き直った。

「あの、私……」

「那智。どうして俺に嘘をついた？」

「っ……？」

　口を開くと同時に質問を挟まれ、喉まで出かかっていた言葉をのみ込んでしまった。

「内科を受診して、風邪だと言ったな。だが、いつまでも体調がよくなさそうだから、誤診を疑ってカルテを見た。ところが、一週間前、お前が内科を受診した記録はなかった」

　不信を憚らない口調に、那智は息をのんだ。

　計画通りではないけれど、このタイミングで言った方がよさそうだ。

　そう判断して、思い切って口を開いた。

「あ、あの。実は、他の病院を受診して……」

ところが。

「どこの藪医者だ。改めて受診するより手っ取り早いから、俺が診てやる」

「っ、は……？」

「脱げ」

いきなりすぎて、なにを言われたのかわからない。

忙しなく瞬きを返す那智に、暁は眉間の皺を深くした。

「なにをためらう。俺は医者だぞ」

「そ、そんなこと、わかってます」

「明日、出勤したら、朝一で薬出してやる。そのために、診察が必要だと言ってるんだ」

体調を心配してくれてるんじゃない。

暁は、那智に疑心を募らせている。

とても不機嫌にさせているのがわかるから、怯んでしまった。

胸元で服をギュッと握りしめ、目を泳がせると。

「やっぱり、嘘か。風邪なんて」

やけに低い声で言われて、ゴクッと唾を飲んだ。

しかし。

「俺に抱かれたくない一心、か」

「……えっ？」

まったく予想外の一言に、那智は思わず聞き返してしまった。

それを、惚けているとでも思われたのか、暁の顔がより険しく歪む。

「体調不良が嘘だとわかれば、それでいい。……来い」

「え？　あっ……」

彼女の反応を待たずに、その手をグイと引っ張って、寝室に向かっていく。

「待って、暁さんっ！　あっ」

那智は足を縺れさせながらベッドサイドに進み、そこで強く背を押された。

ほとんどつんのめるように、ベッドに倒れ込む。

ハッとして顔を上げると、暁がベッドを軋ませて、乗り上げていた。

彼の両腕の中に囲い込まれていることに気付き、ギクッと顔を強張らせる。

ほんの一瞬の表情の変化も、暁は面白くなかったようだ。

「どうした？　柏崎になにか言われたか？　……俺に触れさせるな、とでも」

「っ！」

はっきりと、聡志との関係を暴く言葉に、那智は無意識に反応してしまった。

それが、ますます彼の不興を買う。

「無駄な足掻きだ。いい加減、絶望しろ」

暁は皮肉気に言い捨て、彼女の唇に噛みつくようなキスをした。

「っ、ふうっ……」

今までのどのキスよりも獰猛で、那智は息を止めた。

激しく貪られて、息継ぎもままならない。

いつもより荒々しく求めてくる彼から、確かな妬心が伝わってくる。

「あき、暁、さ……！」

息苦しさのあまり、必死に首を捩って彼の唇から逃げた。

しかし、暁は追求をやめない。

回り込んで唇を奪われ、同時に、胸を強く鷲掴みにされ、

「！　ダメっ……！」

那智は渾身の力を込めて、両手で彼の胸を突き飛ばした。

暁が、傍らにドスンと尻餅をつく。

忌々し気に顔を歪め、すぐに身体を起こすのを見て、那智は急いでベッドを蹴って

後ずさる。

　自分の身体を、力いっぱい抱きしめて守り――。

「あ……赤ちゃんが、できたんです‼」

　身体の底から、引き攣れた声を絞り出した。

　獲物を追い詰める獅子のように、四つん這いになって進もうとしていた暁が、ピタリと動きを止める。

「に、妊娠、七週目。暁さんの子です」

　彼に声が届いているのを確認して、重ねて告げる。

　まったくもって、予想外だったのだろうか。

「……俺の？」

　暁は、つい一瞬前までの凶暴さを引っ込め、困惑顔で呟いた。

　那智は、何度も頷いて応える。

「本当です。本当に、私、暁さんの赤ちゃんを……」

　カラカラに渇いた喉に声をつっかえながら、繰り返した。

　暁はどこか呆けた顔をして、脱力して座り込んだ。

　それを見て、那智はホッと胸を撫で下ろす。

その場に正座して、改まった顔つきで彼に向き直り……。

「ここに。本当に、いるんです。私たちの赤ちゃん」

暁の心に刻みつけるように続けて、彼の手を取った。

その手を自分のお腹に当ててると、暁はひゅっと音を鳴らして息をのんだ。

しかし、固まったように黙り込んでいる彼に、

「……赤ちゃん、喜んでくれませんか」

那智は唇を震わせて、そう訊ねた。

暁は無言のまま、手を引っ込めた。その手で目元を覆う前髪を掻き上げ、

「はーっ」と深い息を吐く。

その反応に、那智の胸はズキッと痛んだけれど。

「俺の、子だ。喜ばないわけ、ないだろ」

どんな感情よりも戸惑いが大きいようで、彼はどこかたどたどしく返事をした。

「でも、お前は今でも、柏崎を……」

「産みたいです。私たちの、赤ちゃん」

那智は、彼の心に訴えかけるように、わずかに身を乗り出して遮った。

目線を上げた彼と、まっすぐ視線がぶつかる。

思い切って、彼の頬に両手を伸ばし――。

「私。私は、暁さんが好きです」

暁の黒い瞳が、信じられないというように揺れた。

やっと言えた想いなのに、真っ先に不信がらせてしまうのは、全部自分のせいだ。

そんな罪悪感で、那智はやるせない想いに駆られる。

「信じてくれないなら、信じてもらえるように努力します。私はこの先、今よりずっと、あなたを好きになります。だから」

彼の胸にしがみつき、感極まって声を詰まらせ……。

「暁さん、私を愛して……」

「……これ以上、どうやって」

暁が言葉を挟み、スッと両腕を伸ばした。

頭の後ろに回った手に抱き寄せられ、那智は息をのむ。

「愛してるよ、那智。もうずっと前から」

驚くほど優しい力でふんわりと抱きしめられ、彼女の心臓はドキッと跳ね上がった。

(今、愛してるって言ってくれた……)

それだけで、心が躍る。

那智は、きゅんと胸を疼かせた。

だけど。

「だったら、どうして」

思い切って質問しようと、彼の胸から顔を上げた。

「他の人を想っていいだなんて。私が、柏崎先生と別れたばかりだったから？　それとも……」

目線を合わせ、一度言葉を切った。

「ドイツでの医療事故のせいですか」

ほんの一瞬、暁の頬の筋肉がピクッと動いたのを、那智は見逃さなかった。

「柏崎先生から、聞きました。三カ月前、うちの病院のオペ室で起きたことも……」

そう続けて、彼のシャツを掴む。

「柏崎先生は、大事なオペでミスした自分を、私に『相応しくない』という言い方をしました。暁さんも、そんな風に……？」

「……違う」

身を乗り出して追及する彼女に、暁が顎を引いて答えた。

「俺のミスじゃない。あれは、俺が恩師と慕った医師のミスだ」

「え……？」

反射的に聞き返した彼女に、どこか自嘲的な、微妙な笑みを浮かべる。

「だが、あの人に糾弾された通り、俺がもっと経験を積んだ麻酔科医だったら、なんとかできたのかもしれない。未熟だったことに違いはないから、俺のミスということにしておけばいいと思った。俺が違うと言った時、信じてほしいと思う人が信じてくれれば」

遠い目をして語る彼を、那智はジッと見つめた。

「……でも」

暁は、くっと唇を結んだ。

「誰のミスとかじゃなく、俺は医師として、患者の家族に真実を説明する義務があった。今回、柏崎は、あの時の俺と同じ状況下に立たされた。だけど彼は、院長に守られ、その上俺にも黙っていてくれと頼んできた」

「………」

「確かに、術中よくある些細な手技ミス……医療事故にも至らないインシデントだろう。だが、自分のミスの処遇を他人任せにする感覚が、俺には受け入れ難かった。院長に言われるまでもなく、病院を……那智を任せていい医師じゃない」

ギリッと奥歯を噛みしめ、一度面を伏せる。

そして、再びゆっくり顔を上げて、

「院長は、お前と柏崎のことをご存知だった。だが、ふたりの結婚は認められない。諦めさせないと……そうやって苦悩して、心を痛めていた」

彼女の瞳を見つめ返し、どこか困ったように目尻を下げた。

「……俺にとっては、絶好のチャンスだったんだよ」

そう言って、居心地悪そうに目を逸らす。

「那智には、意に添わない結婚だ。こんなことになった経緯を言えない以上、憎まれ続ける覚悟はしていた。でも……お前がいつまでも柏崎に心を寄せるのが苦しくて、彼には本気で嫉妬してた。今日も、帰り際に一緒に中庭にいるところを見て……みっともない」

ちょっと恥ずかしそうに声を消え入らせる彼から、目が離せない。

本当に――信じられないくらい、不器用な人。

深い傷を負った純粋すぎる心を、自分ひとりで必死に守ってきた人。

冷淡なようでいて、医師という仕事にストイックなまでに誠実に向き合い、絶対逃げない人。

（最初から、素直に私を好きだって言ってくれてたら……）

那智は一瞬そう考え、結局彼の言葉に納得するしかなかった。

暁が傲慢に言ってくれなかったら、今、こんなに晴れ晴れしく、彼に『好き』とは言えなかっただろう。

『好きにならなくていい』と言われたのに、彼を知りたいと願い、好きになったのは、他でもない那智自身だ。

愛がないように見せかけて、彼からぶつけられた熱い想いは確かなものだった。

そう信じられるから、那智は今、自分の愛にも自信が持てる。

「もう、嫉妬なんかしないで」

そう言って彼の頬を両手で挟み、少し腰を上げて口付けた。

「っ……」

触れた唇の隙間で、彼が息をのむ気配を感じる。

それでも怯まず、自らキスを深めていって――。

「私は……暁さんのミスじゃないって、信じます」

唇を離すと、はっきりとそう告げた。

暁が、虚を衝かれたように目を丸くする。

「信じる、なんて言い方は、間違ってますね。暁さんは、三年前も今も、医療に誠実だから。本当に暁さんのミスだったら、今さら探られるようなことにはならない。……ちゃんと自分で明らかにして、決着がついてるはずだから」

ぎこちなく瞳を揺らす彼に、那智は、今できるとびっきりの笑みを浮かべた。

「私たち、ここから一緒に、本当の夫婦になれますよね？」

言葉を重ねる彼女に、暁は浅い息を吐いて、目元を和らげる。

「……そうだな」

柔らかく微笑む彼に、那智の胸がとくんと淡い音を立てる。

暁はふっと顔を伏せ、彼女のお腹のあたりに視線を落とし、

「大事な身体なのに……乱暴な真似をして、悪かった」

そう言って、そっと背中に腕を回す。

抱き寄せられ、那智も抗うことなく、彼の胸に顔を埋めた。

「これ以上、どうやって……なんて言ってられないな。お前が俺を好きになってくれる以上に、俺はその上を行くくらいもっともっと……愛し尽くさなければ」

頬を掠めるように彼女の横の髪を梳く、骨ばった長い指。

優しい仕草が愛おしい。

那智の胸に、どうしようもなく温かい想いが溢れ返る。

「那智、ありがとう。俺の子を産んでくれ。一緒に、幸せになろう」

「……はい」

ようやく、心が重なった。

那智は確かな実感に心を震わせ、彼の背中に両腕を回してしがみついた。


それから一週間が過ぎた、冬の日――。

朝一番から始まった胃癌患者の胃切除術も、昼を過ぎてようやくゴールが見えてきた。

「よし。縫合は任せる」

病変をすべて取り終えると、消化器外科の執刀医が、第一助手に指示をして、手術台から離れていく。

その背に、皆が「お疲れ様でした」と声をかける中、暁は麻酔科の助手に横目を向けた。

執刀する外科医にとっては、病変を取り除いて縫合して終わりでも、麻酔科医にとっては、ここからが最後の正念場だ。

「麻酔離脱開始。プロポフォール減量。レミフェンタニル投与」

「はい」

助手が、短く返事をする。

消化器外科の第一助手が腹部の縫合を続ける横で、暁はモニターを注視して、覚醒に向けて輸液コントロールを続けた。

縫合が済むと、看護師たちが患者の衣類を整え始める。

「蓮見先生、自発呼吸始まりました」

「よし。リバースに入る」

彼の指示に従って、麻酔科の助手が、てきぱきと薬液を注入する。

「岩井（いわい）さん。岩井さん、聞こえますか」

縫合を終えた第一助手が、患者に声をかけた。

耳に届くのは、シューッ、シューッという人工呼吸器の音。

患者の反応を観察していた麻酔科の助手が、

「呼名反応、筋力回復、確認」

暁に向かって、報告した。

暁は頷いて応じ、もう一度すべてのモニターに目を走らせる。

覚醒レベルを診断して、ゆっくり患者の頭部に回った。

「抜管、行います」

肺にガスを送って陽圧をかけながら、気管チューブを抜去した。

麻酔科の助手が、マニュアルに則って気管の評価を行う。

暁は、呼吸状態と循環動態から、患者の覚醒を確認して、

「百パーセント酸素投与。十分間隔で、呼吸状態のモニタリングを」

「はい」

助手の返事を待って、退室した。


午後三時近くになって、暁は遅い昼休憩に入った。

休憩時間が定まらない医療従事者のために、職員食堂の営業時間は、一般企業に比べるとだいぶ長い。

しかし、もう昼とも言えない時間。食堂に行っても、ラーメンとかカレーとか、代り映えしない定番のメニューしか残っていない。

(コンビニでパンでも買って、医局で食べるか)

暁は財布を持って、白衣のポケットに両手を突っ込み、外来棟の階段を下りた。

外の気温は低いが、天気はいい。

大きな窓から射し込む日光は眩しく、窓辺はポカポカと暑いくらいだ。

時折すれ違う医師や看護師に黙礼して、多目的ホールを通りかかったところで、暁は足を止めた。

今は誰もおらずガランとしているが、片隅に黒いグランドピアノが置いてある。

なんとなく眺めていると、初めて那智と出会った時のことが、鮮明に蘇ってきた。

(あの時、ここで出会っていなかったら、俺と那智は……)

柄にもなく殊勝な気分で、無意識に目を細める。

気恥ずかしくなって、指でポリッとこめかみを掻いた。

那智は、現在妊娠八週目。つわりのピークを迎えている。

吐きづわりのようで、まともに食事を取れない状態にある。

そのため、正月明けに予定していた挙式は、彼女の体調が落ち着くまで延期した。

とにかく、今は無理せず、自分の身体を大事にしてもらいたい。

だというのに。

『暁さん、電子ピアノを買いましょう』

昨夜、唐突にそう言われた。

今のうちから、胎教に音楽を取り入れたいそうだ。

お腹の胎児は、脳や聴覚器官が出来上がる時期。

目的そのものに異論はないが、次に休みが合う日に、一緒に楽器店に行こうと言い出した。

(今は胎教より、自分の身体だろうが。……まったく)

溜め息をつきたい本心とは裏腹に、自然と顔が綻ぶ。

『私が、暁さんのピアノ聴きたいんですよ。……気分、よくなるし』

拗ねた口調で、ちょっと恥ずかしそうにボソッと続けた彼女を、思い浮かべる。

自分でも頬の筋肉が緩んでいるのを自覚して、暁はとっさに口元に手を当てた。

気を取り直して、「ふーっ」と息を吐く。

コンビニに行く途中だったことを思い出し、そそくさと立ち去ろうとした時。

「あ……」

進行方向から、柏崎が歩いてくるのを見つけた。

彼も暁に気付き、ピタリと足を止める。

「……お疲れ」

暁の方から声をかけると、柏崎はわずかに目を伏せ、無言で頭を下げた。

思い切った様子で顔を上げ、つかつかと近寄ってくる。

「蓮見先生」

暁のすぐ近くまで来て、両足を揃えて立ち止まった。

「僕……那智に振られてから、ずっと考えていたんです」

背筋を伸ばし、改まって切り出してくる彼に、暁は黙って眉尻を上げた。

「那智のことでは、完敗ですけど……。医師として、蓮見先生に負けないために、僕はなにをすべきだろう、って」

「………」

柏崎がなにを言い出すか。

興味をそそられ、足を引いてまっすぐ向き直る。

暁の視線を受け、彼がグッと胸を反らした。

「橋田さんに、すべてお話しさせてもらうことにしました」

「え？」

彼が言う名が誰か、一瞬理解が遅れた。

しかし、すぐに合点する。

「あのオペの……」

「はい」

無意識に呟くと、柏崎が強く頷く。

「真実から、逃げないために。これからも、患者の命に向き合うために。……アポイント、取りました」

——彼の、死んだ魚のような、虚ろな目を知っている。

しかし今、暁は小さく息をのんだ。

「柏崎……」

「これは、僕の勝手な行動です。赤城総合病院や院長、それから蓮見先生に迷惑をかけたくない。だからその前に、院長に退職届を提出してきたところなんです」

強い決意が溢れる言葉通り、瞳に力を漲らせる彼に、ゴクッと喉を鳴らす。

「誠意を尽くして説明して、謝罪してきます。お許しを得られるまで」

「バカか。お前が退職しようが、院長には……」

即座に言葉を挟むと、柏崎もほんの少し顔を歪めた。

しかし。

「もちろん、わかってます。でも、院長は、『恐れるな』と」

「え？」

「どんなことになっても、病院のことは心配いらない。蓮見先生と那智が守ってくれる、と。背中を押してくれました」

「っ……」

暁は、返す言葉に窮した。

「蓮見先生。万が一の時は、この病院をお願いします。……那智と一緒に」

柏崎が、深々と頭を下げる。

暁は、彼が背を起こすまで見守って、

「お前に言われるまでもない」

静かに、そう告げた。

彼らしい言い回しに、柏崎がふっと微笑む。

そして。

「お世話になりました」

目礼して、暁の横を通り過ぎていく。

『真実から、逃げないために。これからも、患者の命に向き合うために』

柏崎のその言葉が、彼の胸に強く深く響いた。

（真実……）

心の中で、自分自身で反芻し――。

「柏崎！」

弾かれたように振り返り、呼びかけていた。

数メートル離れたところで、柏崎が足を止める。

「俺が院長になったら、もう一度雇ってやる。腕を磨いて、必ずここに戻ってこい」

声をかける暁に、ゆっくり目線を返した。

「ドイツで……シュルツ博士に師事して得た知識、手技。オペで見せてみろ。俺に、そう言っただろ」

暁が、静かに穏やかにそう言えたのは、心に巣食っていた彼へのすべてのわだかまりが、清々しいほど心地よく晴れていったからだ。

「はい」

たっぷり一拍分の間を置いて、柏崎がはっきりと返事をする。

再び歩き始める背中を、暁は黙って見送った。

エピローグ　調和と始まり

古き年を越し、新しい年が明けた。

しかし、医師に盆も暮れも正月もない。

暁は例年と変わらず、仕事に出ずっぱり。

正月三が日も、那智とふたりで、ゆっくり過ごすこともままならなかった。

新年第一週目が始まり、迎えた三連休。

暁にとって、ようやくまともに取れた休日——。

採光抜群の大きな窓から射し込む光が、窓辺に陽だまりを作るリビングで、暁は那智にせがまれて、電子ピアノを奏でていた。

クリスマス前に、ふたりで楽器店に行って購入し、届いたのは年の瀬のこと。

年末年始の休暇中、那智は気分転換も兼ねて、手馴らしに弾いていたようだが、暁は今日が初めてだ。

彼女のリクエストで、優しく明るい曲を選んだ。

グランドピアノと比べると、音色の美しさには差があるが、意外に鍵盤が重く、タッチは悪くない。

那智の強い希望で買ったが、自分にとってもいい気晴らしになりそうだと、暁は思った。

『G線上のアリア』を弾き終えると、軽く肩を回して「ふう」と息をつく。

「那智。少し休憩して、お茶でも……」

そう言いながらソファを振り返り、苦笑した。

那智は、ソファに沈むような姿勢で、眠っていた。

陽射しが強く、室内はエアコンが必要ないほど暖かい。

妊娠中で、ただでさえ眠気が強い彼女は睡魔に襲われ、限界だったのだろう。

「やれやれ。いつから寝てたんだ」

暁は椅子から立ち上がり、ソファに近付いていった。

「いい子守唄にでもなったか？」

小さな声で問いかけながら、足元に落ちていたストールを、身体に掛けてやる。

起こさないよう、意識してそっと隣に腰かけ、無意識に微笑んだ。

（那智……）

横顔を隠す柔らかい髪を指先で摘まみ、緩く揺らしながら、心地よさそうな寝顔に見入る。

（お前にとっても、心休まることのない年末だったもんな）

暁は心の中で労い、まだほんの十日ほど前、去年の暮れのことを脳裏に蘇らせた。

『真実から、逃げない』

柏崎は、例のオペの患者にすべてを話すと言った。

病院の評判に影響することを懸念して、自主退職して去っていった。

元大物政治家という権力者に、彼がどのように説明し、謝罪したのか。

患者側からのクレームには発展せず、大事には至っていない。

ところが。

『患者への説明は不要と判断したのは私だ』

院長は自ら報道陣を集め、医師として説明義務を怠ったことを報告し、その責を取り、辞意を表明した。

暁に病院の全権を託し、自分は柏崎と共に、償いに全力を尽くす構えだ。

四月に予定していた後継者披露パーティーを待たず、暁は赤城総合病院院長の座に就くことになった。

外来診療が年末年始休業に入る直前での、突然のトップ交代は、院内を大きくざわつかせた。

暁自身も、こんなに早く院長に就任することになるとは、思っていなかった。

麻酔科のエースと呼ばれるまでに成長し、まだまだこれからというところだ。院長になることで、臨床現場で働く時間が減るのは、本意ではない。

暁は、病院の運営体制について、幹部たちと何度も話し合いの場を設けた。

自身の希望を誠意と熱意をもって訴えかけ、全権は持つものの、実質的な経営権は現副院長に委任し、彼は麻酔科医としての職務を継続することで決着がついた。

月に一度、幹部会議に出席する必要はあるが、院長という肩書きを持ったまま、医療現場の最前線に残ることができるのはありがたい。

おかげで、多忙を極めている。

そのため、家のことは那智に任せっきり。身重の妻を気遣うこともできず、申し訳ない。

ほとぼりが冷め、院内の新体制が軌道に乗るまでは、実家に帰し、義母の手を借りることも考えたが、那智がそれを拒否した。

『私たち、やっと本物の夫婦になったんですよ。今、離れたくないです。私なら、大丈夫ですから』――。

「……頼もしい妻だな、お前」

『妻なんだから、いつもそばで暁さんを支えたい』と続けてくれた彼女に、ただただ愛おしさが募る。

悪戯に弄んでいた髪を指先から零し、手の甲で頬をくすぐると。

「ん……」

那智がわずかに眉根を寄せて、目を覚ました。

一瞬、眩しそうに、顔をしかめる。

隣に座っている彼に気付くと、弾かれたように跳ね起きた。

「暁さん！　ごめんなさい。私、つい気持ちよくなって、うとうとと……」

「構わない。のんびりしてくれ」

暁は口角を上げて、彼女の額をコツンと小突く。

那智は両手をパッと額に当て、彼に上目遣いの視線を向け――。

「ふふっ」

なにやら嬉しそうに、吐息を漏らした。

「なに」

「のんびり、なんて。私の方が、暁さんに言いたい」

「だったら、年が明けてやっと休みの俺に、ピアノの演奏をせがんだりするな」

「……ごめんなさい」

演奏の途中でうたた寝した手前、バツが悪そうに肩を竦めるのを見て、暁はふっと目を細める。

「冗談だ。……那智のつわりが治まったら、また一緒に演奏したいな」

そう続けると、彼女も目尻を下げた。

「はい」

大きく頷いたかと思うと、そっと……彼の反応を確認しながら、肩にこめかみを乗せてくる。

甘える動作にクスッと笑って、暁は彼女の華奢な肩に腕を回した。

グイと抱き寄せると、那智も今度は遠慮せずに、彼に体重を預ける。

心地よい体温と重みを感じながら、形のいい頭を抱え込み、

「……ずっと、考えてたことがあるんだ」

「え?」

暁がポツリと呟くと、那智が肩口から目線を上げた。

「真実から、逃げない。……柏崎は、患者とその家族に会って、説明、謝罪をするこ

とで、その言葉通り、向き合った」

「………」

「それなら、俺は……」

暁は、自分の中に答えを探して、言い淀んだ。

那智も言葉を選んでいるのか、少し間を置いた後、

「暁さんにとっての真実は、潔白を証明すること」

静かに、穏やかな口調で、そう告げた。

暁が無言で目を落とすと、頭を起こしてにっこりと笑う。

「でも、誰かの罪を暴いて貶（おとし）めるようなことは、してほしくありません。前に言ってたように、暁さんが信じてほしいと思う人が、ちゃんと理解して信じてくれれば、それでいい。……そうでしょう？」

那智は、視線を揺らすことなく、ハキハキと語る。

「……ああ。そうだな」

彼が心底から同意して頷くと、満足そうに大きく首を縦に振った。

そして、なにか思案するように小首を傾げる。

「それでもし……その中に、シュルツ博士も含まれるのなら……」

「え？」

「いつか、会いに行きましょう。私と、赤ちゃんも一緒に行きます」

「……那智」

彼女の提言に意表をつかれ、暁は瞬きを繰り返した。

彼女の戸惑いを見透かして、那智が悪戯っぽく目を細める。

「恩師と慕った先生だったから、暁さんは本当に傷ついたんです。そんな大事な人との間に、この先一生わだかまりを持ったままじゃ、暁さんも寂しいでしょ？」

やけに強気で言い切られて、暁は返事に窮した。

だけど、断言した彼女が、かなり満足そうな顔をしているから、

「やれやれ。お前には敵わないな」

軽く両手を上げて、降参のポーズを見せる。

那智は、ふふっと声を漏らして笑うと。

「誰かを疎む気持ちで心を占めるよりも、私をもっともっと愛してください」

わずかに目を伏せてそう言って、再び彼の肩に寄りかかってきた。

暁がそっと目線を下げると、伏せられた長い睫毛が視界に入る。

「……今以上に、もっと？」

「あれ、またそれ。まさか、これが限界ですか？」

質問を挟んだ彼に、那智は不敵な質問で返してくる。

そんな彼女に、暁は思わず吹き出した。

「言ってくれるじゃないか。……だったら、出産後は覚悟しておけ」

「望むところです」

怯みもせず、楽し気に返す彼女に、くっくっと肩を揺らし……。

「ほんとに、頼もしいな。俺の妻は」

なにかが胸いっぱいに満ち溢れる感覚を覚え、彼女の頭にこめかみを預けた。

（誰かを疎むよりも……その通りだな。これからは、那智とこういう温かい感情を分かち合いたい）

そうすることで、始まりは不協和音しかしなかったふたりが、調和し、美しいハーモニーを奏でられるようになる。

ここでもまた、改めて気付かせてくれた彼女が、愛おしくて堪らない。

そう。ようやく本物の夫婦になったふたりに、探り合う必要はない。

疑心や妬心、不信感といった、負の連鎖に繋がる醜い感情はいらない。

例えば。

窓辺に零れる、陽だまりのような。

ひとつの曲を共に演奏する時の、心躍る高揚感のような。

心地よく穏やかで、温もり溢れる想いを、この先、ずっとずっと共有していきたい――。

「これからもずっと……お前を愛してるよ」

目を閉じ、独り言のように呟く。

すぐ耳の近くでしっかりと聞き拾った那智が、そっと顔を上げた。

そして。

「……はい。私も」

少し照れ臭そうにはにかんで、柔らかい笑みを浮かべる。

ふたりは至近距離からまっすぐ目を合わせ、どちらからともなく、顔を寄せ合い――。

温かく幸せな口づけを交わした。

特別書き下ろし番外編

新妻の憂い事

三月。

暁は、月に一度の幹部会議に出席した後、院長室の執務机に積まれた書類の山と対面した。

「そちら、先月申請された院長決裁書です。急ぎのものと、私が代理決裁できるものは片付けました。明日までによろしくお願いします」

彼の隣には、副院長がいる。

内心げんなりしたのが顔に出ないよう、必死にポーカーフェイスを装った。

昨年末、急なトップ交代で院長に就任することになったものの、実質的な病院経営は副院長に委任し、彼は麻酔科医として臨床現場で働いている。

しかし、赤城総合病院の院長は、あくまでも暁だ。

彼自身が目を通し、決裁する必要のある書類は、意外と多い。

「わかりました。ありがとうございます」

彼の返事を聞いて、副院長は、「失礼します」と院長室から出ていった。

ドアが閉まるまで見送り、暁は腹を括ってチェアに腰かけた。

深く背を預け、喉を仰け反らせて天井を仰ぐ。

——忙しい。身体がふたつ欲しいくらいだ。

月に一度、暁は幹部会議に出席した後、書類仕事をこなしている。

多岐に亘る院長業務をこれだけに抑え、今までとほとんど変わらず麻酔科医として働くことができるのは、副院長始め五人の幹部のおかげだ。

今日、会議が終わったのは午後六時。

早く家に帰って那智と過ごしたいのが本音だが、その思いをなんとか鎮める。

「……片付けるしかないか」

暁は溜め息をひとつついて、背を起こした。

決裁書の山に手を伸ばし、上から一束取って、目を通し始める。

最新の医療機器への買い替えに関する予算申請や、外来診療枠の見直しなど、院内の現状を熟知していないと決めかねる書類も多い。

一から内容を追っていたら、一晩で片付く量ではない。

副院長が先に確認して、要約や意見のメモを添えてくれている。

それを参考に、暁は決裁を進めていった。

ひとりで決裁書と格闘し始めてから、二時間。

最後の書類を手にした時、執務机の端に置いたスマホが、ブブッと振動した。

反射的にモニターを見て、わずかに目を瞠る。

そこには、『院長』と表示されていた。

義父からの電話だ。

「はい。蓮見です」

決裁書を脇にやり、ツーコールで応答して――。

「……え？」

暁は、ギョッと目を剥いた。


午後八時半を過ぎて、家に帰ると。

「暁さん、お帰りなさい！」

リビングに入った暁に、キッチンから那智が声をかけてきた。

彼女は現在妊娠六カ月に入ったところだ。

少し前までつわりが続いていて、米の炊ける匂いが辛いと言っていたが……。

「夕食、用意できてますよ。食べますよね？」

どうやら治まったようで、ここのところ毎日、温かい夕食を用意して迎えてくれる。

「ああ、いただく。……って、そうじゃなくて、那智」

暁は彼女を追ってキッチンに入り、その肩をグッと掴んだ。

「え？」

那智が驚いたように目を見開き、振り返る。

「来月の後継者披露パーティーの件で、院長から電話があった」

「？　はい」

「そこで、俺たちが夫婦(めおと)演奏を披露するって聞いたんだが……」

「夫婦演奏って」

言い回しがツボに入ったのか、彼女は口元に手を遣って、クスクス笑う。

その反応を見る限り、初耳ではないようだ。先ほどの彼の反応とは、明らかな温度差がある。

「お前、知ってたのか」

思わず前に出て、問い詰めた。

「はい」

「はい、って……なんでそんなあっけらかんと」

院長室で、義父から電話をもらい、

『蓮見君がピアノの名手とはねえ。那智との演奏、楽しみにしているよ』

……と言われて仰天した。

頭痛を抑えようとして、額に手を遣る。

「なんでもなにも。私が父にやらせてほしいってお願いしたんです」

「……はあ?」

那智は、ポカンと口を開ける彼を愉快気に笑って、IHコンロのボタンを押す。

「暁さん、着替えて来てください。食事、用意しておきます」

暁はグイグイと背中を押され、ほとんど追い出される格好でキッチンから出た。

「ほらほら。早くしないと、遅くなっちゃいますから。食べながら、お話しましょう」

腑に落ちず、その場に佇む彼に、那智がどこか悪戯っぽく目を細める。

「あ」

言葉を挟む隙もない。

暁は溜め息をつくと、諦めて寝室に向かった。

食事をしながら、演奏する目的を説明された。

来月行われる、後継者披露パーティー。

日本の医学会の重鎮や、赤城総合病院の幹部、部長医師たちも招待されている。

『暁さんが新院長として表に出る、初めての場です。日頃お世話になっている関係者や幹部の皆さんに、挨拶代わりにと思って』

彼女が真剣なのはわかるから、気乗りしないと突っ撥ねるのは気が引けた。

返事は保留して、いったん席を立った。

シャワーを終えてリビングに戻ると、彼女は電子ピアノの前の椅子に座って待っていた。

連弾できるよう、ふたり掛けのベンチタイプの椅子だ。

今、傍らに楽譜の山を築いている。

暁は、タオルドライしただけでまだ湿っている髪を無造作に掻き上げ、「はあ」と小さな溜め息をついた。

「……本気か？」

苦い顔をして問いかけると、那智がにっこりと微笑む。

「本気です。暁さんのご挨拶の時間に、一曲だけですから」

暁はガシガシと頭を掻いて、彼女の前まで進んだ。

椅子に腰かけたまま、那智が探るような視線を向けてくる。

心の奥まで見透かそうとする瞳の前で、暁は無意識に目を逸らした。

「本当は、病院でミニコンサートをしようと思ったんですけど……」

「病棟で冷やかされる。勘弁してくれ」

「そう言うと思ってました。注目されるのは鬱陶しいって、前に言ってましたもんね」

那智は、椅子からゆっくりと腰を上げた。

「でも、私たち、夫婦揃って、職員の前に顔を出す必要もあるかなって」

「え？」

「父があんな形で院長を辞任して、私がいるからか、医事課のみんなもちょっと戸惑っているというか。オペ室や病棟で、暁さんの周りの皆さんは、きっとそれ以上ですよね」

上目遣いに探られ、暁もグッと言葉をのんだ。

確かに彼女の言う通りだ。

パーティーの前に結婚式を挙げる予定だったが、那智の想定外の妊娠で延期になってしまった。

ふたりの結婚はいくらか噂になったとは言え、知らない職員ももちろんいる。

院長に就任したものの、院内で、暁の立場はわかりにくく曖昧で、普段業務を共にする周りのスタッフたちも、彼の呼び方ひとつに困惑している気配を感じる。

結局、暁が気乗りしないと予測していながら、那智があえてパーティーでの演奏を提案したのは、彼のためになると考えてくれてのことだ。

それでも、まだためらっていると。

「実は……結婚してすぐの頃、花代ちゃん……医事課の後輩に言われたんです」

「え？」

暁が顔を向けると、那智は目が合うのを避けるように、目線を彷徨わせる。

「蓮見先生との結婚生活って、どんな感じですかって。恋人の前でだけ、デレて甘々になる暁さん、想像できないとも……」

「は……」

モゴモゴと説明する彼女に、暁は一瞬ポカンとした顔をした。

「先輩の綾さんも、私とふたりなら寛いだ顔くらいするでしょって。多分……私に惚気させたかったんでしょうけど……」

彼女の言葉の途中で、天井を仰ぐ。

「お前……医事課で、なんちゅう話をしてるんだ……」

「っ、だから！　結婚してすぐの頃ですってば！　突然決まった政略結婚だなんて話してないし、本当はずっと交際してたんだと思われてて。暁さんクールだから、みんなも興味津々で……」

彼女も最後は言いにくそうに、声を尻すぼみにする。

暁は目頭を指で強く押さえ、小さな溜め息をついた。

「そもそも、俺は女にデレもしないし、甘々にもならないぞ」

「デレて甘々とは違うけど、暁さんって結構……」

「は？」

「！　い、いいえ。なんでもないです」

那智は茹ったような顔をして、あたふたとそっぽを向く。

そんな彼女が不審で、暁は訝しく眉根を寄せて腕組みをした。

『結構』の続きを待ったつもりだったが、どうやら言う気はないらしい。

気まずそうに目を泳がせるばかりの彼女に、ひょいと肩を竦める。

（この三カ月、病院の新体制を整えるのが先決で、職員に向けてなにも発信できなかった。確かに、新院長として、那智と夫婦揃って表に出るのも必要なこと……）

真剣な面持ちで思案していると、「あの」と横から声を挟まれる。

「でも、本当は、惚気るべきだったのかなって」

「なに？」

予想もしない言葉に意表をつかれ、聞き返した声がやや素っ頓狂になる。

「いえ、みんなの前でデレデレするとか、イチャイチャするってわけじゃなくて！」

那智が、慌てた様子で首を縮めた。

「惚気って、幸せだからする……したくなることですよね」

「え？」

「きっと、花代ちゃんも綾さんも、自分が働く病院を率いる私たちが幸せだってことを、確認したかったんです。私が自然に惚気られてたら、今、少なくとも医事課のみんなを戸惑わせることはなかった気がして」

まだ微妙に視線を外したままの彼女を、暁は顎を引いて見つめる。

「新院長夫妻として、私たちのありのままの幸せを、職員たちに感じ取ってもらえたら。これからも安心して、病院で働いてくれますよね。だからまず、お力を貸していただいている幹部たちの前で。感謝の気持ちを込めた余興感覚で一緒に……」

熱心に言い募る彼女に観念して、深い息を吐いた。

「わかった。やろう」

腹を括って、返事をする。

「……えっ⁉」

熱く説得していたわりに、彼が承諾したのが信じられない様子で、那智は声をひっくり返らせた。

「俺とふたりなら、家で隙間時間に練習できる。一曲だけだし、那智の身体に負担もかからないだろ」

暁はわざと素っ気ない言い方をして、ピアノの前に回って椅子に腰かける。

「で？　なにを弾かせるつもり……」

ひとつふたつ鍵盤を指で押しながら質問する途中で、暁は小さく息をのんだ。

那智が後ろから覆い被さるように、抱きついてきたからだ。

背中の温かい重みに、彼の胸がとくんと跳ね上がった。

那智は肩に額を預け、ぐりぐりと擦りつけてくる。

「珍しいな。……甘えてるのか」

彼女を揶揄することで、暁は自分の弾む鼓動をはぐらかした。

「……いいじゃないですか、たまには。妻なんだから、甘えたって」

ボソボソと掠れた声が、彼の耳をくすぐる。

「悪いなんて、言ってない」

暁はわずかに肩を動かし、彼女を背負った格好のまま、ポロンポロンと鍵盤を鳴らした。

「……おい、那智」

「…………」

「いつまで、おぶさってるつもりだ？」

肩越しに見遣ると、ちょうど顔を上げた那智と至近距離から目が合った。

彼女の小さく可憐な唇が、『暁さん』という形に動くのを見た。

同時に、背中に感じる重みが増す。

那智が顔を覗き込んできて、柔らかい前髪が彼の頬を掠め――。

「っ……」

暁は、とっさに顔を背けた。

「ええと……なに話してたっけ」

彼女の腕を解き、ぎこちなく背を引いて距離を取り、無造作に前髪を掻き上げる。

「ああ、そうだ。パーティーで、俺になにを弾かせるつもりかって」

しかし、返事はない。

「……那智？」

痺れを切らし、返事を促すように振り返った。

そして、困惑したような、寂しそうな、なにより傷ついた顔をした彼女を見つけて、ギクッとして身体を強張らせる。

「あ。ええと……」

彼の視線を受け、今度は那智の方から目を逸らした。

「ゆっくり、考えますね」

瞳を揺らしながら、たどたどしく答える。

「ああ。任せる」

暁は俯いて、白と黒の鍵盤に目を落とした。

「……なにか、弾くか。リクエストあるか？」

彼女が黙り込み、ふたりの間によぎったなんとも言えない微妙な空気を払拭しようとして、意図的に声のトーンを上げた。

背後の気配を窺いながら、問いかける。

しかし、やはり彼女は黙ったまま。

「特にない？　だったら、適当に弾くか」

思いついたのは、昔からよく耳にする、どこか懐かしい洋楽サウンドだ。

鍵盤に指を走らせ、耳馴染みのいい、元気に弾むメロディーを奏で始めると、

「暁さん、やっぱり……」

彼の背中で、那智がポツリと呟いた。

「え？」

指を止めて肩越しに見遣る。

彼女は目を伏せ、静かにかぶりを振った。

暁は正面に向き直り、再び自分の手元に目を落とす。

しかし、曲の続きは弾けない。

那智から、なにか言いたげな空気は伝わってくる。

——お互いの心を探り合う感覚は、久しぶりだった。

那智がパーティーで演奏すると決めたのは、エルガー作曲の『愛の挨拶』だった。

ヴァイオリンとピアノの二重奏では、定番中の定番だ。

明るく伸びやかで優しいメロディーは、おそらく多くの人が、どこかで聴いたことがあるはず。

暁も、電子ピアノを購入してから、那智にせがまれるたびに幾度となく演奏した。

暁が練習に時間が取れないのを、見越した選曲だろう。

年度末に向けて、院長業務が繁忙になる。

普段は麻酔科医の業務を優先している彼も、三月中旬を過ぎると、院長業務に多くの時間を割く必要に迫られた。

まるで全力で駆け抜けるように年度末を越え、あっという間に四月に入った。

那智とふたりでほんの数回合わせて練習しただけで、第二土曜日、パーティー当日を迎えた。

パーティーは午後七時開始だが、それまでゆっくり家で過ごす余裕もない。

院長業務を片付けるために、暁は朝から出勤した。

家から直接会場入りする那智に、彼の荷物も持ち込んでもらい、仕事を終えたら直行することになっている。

午前中、院長室に閉じこもり、仕事に集中して、暁は少し遅い昼休憩に入った。

食堂の隅に席を取り、空腹を凌ぐためだけに、コンビニで買ったおにぎりを口に運んでいると。

「院長」

ふと、頭上から声がした。

暁は一瞬やり過ごし……。

「え」

自分のことだと気付き、顔を上げる。

テーブルの横に立っていたのは、産婦人科の女医、内海（うつみ）部長だった。

「お疲れ様です、蓮見院長」

「内海先生。すみません。お疲れ様です」

暁は反射的に立ち上がり、同じ労いを返した。

「パーティー当日なのに、今日もお仕事ですか？」

内海部長は、ちょっと驚いた顔でそう訊ねてくる。

「ええ。先生は……」

「私は、これで帰宅します。準備をして、パーティーに出席させていただきます」

「お忙しい中、ありがとうございます」

暁は一度頭を下げ……。

「先生。家内の健診、ご対応くださってありがとうございます」

改まって礼を告げた。

内海部長は、通常、外来診療を担当していない。

那智を転院させるに当たって、直々に主治医を頼んだのは暁だ。

三十代半ばで赤城総合病院に入職して二十年。院内でも古参の医師のひとり。

暁自身、彼女が執刀する婦人科オペには何度も入っていて、腕の確かさは熟知している。

母親にも近い年齢の落ち着いた女医だし、初産の那智もいろいろ相談しやすいだろうと考えての人選だった。

内海部長は、わざわざ時間を割いて、特別に那智の健診に対応してくれている。

「いいえ。院長の大事な奥様をお任せいただき、光栄です」

「ああ、いえ……」

どこかからかうような口調で返され、暁はぎこちなく目線を外した。

そんな彼に、彼女は面白そうに目を細める。

「院長、お食事、途中でしょう？　どうぞお掛けくださいな」

気遣いを受け、暁は「失礼します」と頭を下げてから、腰を戻した。

「内海先生も、よろしければ」

向いの椅子を勧めるが、内海部長は「いいえ」と首を振った。

「私は戻るところですから。……ああ、そうそう」

そう言って、なにか思い出したようにポンと手を打つ。

「聞きましたよ。今夜のパーティーで、那智さんと音楽を演奏されるとか」

パーティーの話題に、暁は一瞬グッと詰まったものの……。

「はい、まあ……家内が話したんですか？」

先週、定期健診だったはずだから、噂の出どころは那智と考えるのが自然だった。

「ええ。那智さんがヴァイオリンを嗜まれるのは知ってましたけど、院長もピアノが弾けるなんて、意外でした。ご夫婦で演奏なんて、素敵ですね」

「素敵、なんだか、どうか」

照れ臭さもあり、暁は眉をハの字にして謙遜した。

そんな反応も、内海部長はお見通しだ。

「とっても素敵ですよ」

クスッと笑ってから、小首を傾げる。

「那智さん、少しマタニティブルー気味で、心配してたんです。でも、院長と一緒に演奏するという楽しみがあれば、きっと元気を取り戻してくれますね」

「え？」

暁は、思わず彼女を見上げた。

「マタニティブルー……家内が？」

何度も瞬きをする彼に、内海部長が「あら」と眉を曇らせた。

「院長、気付いてらっしゃらなかったんですか？」

やや咎めるように問われて、言葉に詰まる。

「年度末にかけて、忙しくて。家でもゆっくり話をする時間も取れなくて……」

言い訳だとわかっているから、きまり悪さに言い淀む。

「お忙しいのはわかりますけど……なるほど。那智さん寂しいのね」

内海部長は軽く腕組みをして、じっとりとした目を向けてくる。

「寂しい……」

暁は無意識に繰り返し、ハッと息をのんだ。

まさに、パーティーで演奏しようと言われたあの夜。

那智がそういう顔をしたのを、確かに見た。

彼のほんのわずかな表情の変化も、内海部長は見逃さない。

「お心当たりはありそうですね。大事な奥様を寂しがらせちゃダメですよ」

含んだ言い方をされ、暁は無意識に口を手で覆った。

「では、後ほど。おふたり揃っての演奏、楽しみにしてますね」

そう言って、テーブルから離れていく彼女を追って、自然と腰を上げていた。

もう一度、深々と頭を下げる。

ゆっくり身体を起こした時には、もう内海部長の姿は遠くなっていた。

「寂しがらせる……」

ぼんやりと呟き、脱力気味にストンと腰を下ろす。

寂しそうな、傷ついたような、那智の顔。

あの時、彼女がなぜそんな顔をしたか、自分の行動を思い出し……。

「っ」

思わず、ごくんと唾を飲んだ。

暁は急いで仕事を片付け、パーティー開始の三十分前に、会場であるホテルに辿り着いた。

今夜は、パーティー後の休息のために部屋を取ってあり、着替えもそこで済ますことになっている。

早く、支度をしなければいけない。

パーティー前に、那智とゆっくり話す時間はないが——。

「那智！」

暁は気を逸らせて部屋に飛び込み、ドア口で反射的に足を止めた。

「暁さん！　お疲れ様でした」

先に来ていた那智は、すっかり支度を終えている。

大きく肩の開いた、春らしい桜色のロングドレス姿だ。

スカートの切り替えは胸の下にあり、妊娠七カ月でパッと見て膨らみがわかるようになったお腹も、デザインのせいか目立たない。

長い髪はハーフアップに結い上げ、柔らかい毛先が、華奢なデコルテラインに垂れている。

清楚な彼女によく似合っていて、女神のように美しかった。

「あと三十分です。暁さんも早く支度を……」

那智は、ドア口で立ち尽くす彼に、不思議そうに首を傾げる。

「？　どうかしました？」

不躾とも言える視線を浴びて、やや戸惑い気味に問いかけてくる。

「ああ、いや。すまない、ジロジロと」

暁はハッと我に返り、口元を手で覆った。

「……綺麗だ、那智。ドレス姿なんて初めて見たから、つい見惚れた」

照れ臭さを隠し、目線を彷徨わせる。

那智はポカンと口を開けて、パチパチと瞬きをしていたけれど……。

「や、やだ、もう。不意打ち……ありがとうございます」

頬を染めてあたふたと俯き、ボソボソとお礼を言った。

「あ。そ、それと。初めてじゃないですよ？　暁さんが私のドレス見るの」

「え？」

口から手を離して聞き返す彼に、少し胸を張って見せる。

「初めて会った時。ミニコンサートだし、私、ドレスを着てたはずです」

「……ああ」

暁は記憶を導かれて思い出し、軽く天井を見上げた。

「あの時は、白かった」

顎を撫で、しげしげと呟くと、那智がひょいと肩を上げる。

「ドレスなんてそんなに着る機会もないので、実は白と水色二着を交互に着てい
て……。でも、さすがに今日は着古しってわけにいかないし、ちゃんと新調したんで

す。新しいドレスだから、綺麗に見えたんじゃ？」

「あの時も綺麗だったよ。だが、いきなり褒めるわけにいかなかったろ」

「確かに。初対面で綺麗だなんて言われてたら、まず変な下心を疑って、警戒しちゃいますね」

照れ隠しか、悪戯っぽい口調の彼女に、暁は目尻を下げた。

「今はもっと警戒しとけ」

「え？」

「俺は女の服を褒める時、その服を脱いだ姿を想像してる。あの時のお前に下心を見せるわけにはいかないが、今は俺の妻だから、密かに欲情しても許されるだろ」

「！」

ボッと火が噴く勢いで真っ赤になった那智の横を通り過ぎ、部屋の奥に進んでいく。リビングルームに入り、ハンガーラックに吊るされていた、黒いモーニングスーツを手に取った。

「那智。パーティーが終わったら、ゆっくり話したいことが……」

そう言いながら振り返ると。

「⁉」

那智が、真正面から抱きついてきた。

その勢いで、彼の手からスーツが落ちる。

「……おい？」

とっさに彼女の肩に手を置き、自分から剥がそうとした。

「なんで密かに？　……いいですよ？　堂々と欲情しても」

那智は耳まで真っ赤にして、プルプルと身を震わせている。

「それとも、やっぱり……お腹の大きい私には、触れたくないですか？」

「え？」

探るように問いかけられ、暁の手がピタッと止まった。

「暁さん、前はアドレナリンがどうとか言って、その……夜も激しかったのに。私が妊娠した途端、パタッとやんじゃって。妊娠して、妻の体型が変化していくのを、受け入れられない夫もいるって聞きます。もしかして、暁さんも……」

赤裸々になりすぎるのを避けているのか、那智は随分と回りくどい言い方をする。

しかし――。

「やっぱり、マタニティブルーの原因は俺か」

暁は目を伏せ、「ふーっ」と声に出して息を吐いた。

「え？　ええと……？」

「今日、内海先生に会って、寂しがらせちゃダメだと言われた」

那智は誤魔化そうとしたのかあたふたしたけれど、彼がはっきり告げると、きまり悪そうに目を逸らす。

黙り込んで俯く彼女に、暁は眉尻を下げた。

「那智。パーティーが終わってから、ちゃんと話そうと思ってたんだが……」

「あ、暁さん」

那智は彼の言葉の途中で、思い切ったように顔を上げた。

彼の胸に両手を置いてしがみつき、まっすぐに見つめてくる。

「ちょっと前に、ある女性のブログを読んだんです」

「は？　ブログ？」

突然、突拍子もない話題を挙げられて、暁は瞬きで返した。

しかし那智は思い詰めた様子で、真顔で頷いて応える。

「旦那さんと五歳の男の子の三人家族で、傍から見たらごく普通の幸せな家族なんですけど、その女性は出産後からずっと、旦那さんに言えない、途方もない寂しさを抱えてきたそうです」

必死な目をして、彼にブログの内容を語って聞かせた。

『子供ができて、夫は父になり妻は母になる。新しい役割を担う幸せと同時に、夫にとって妻は〝女〟ではなくなってしまった』

途方もない寂しさの理由は、産後のセックスレス——。

那智はその女性の言葉に、現在の自分を重ね合わせて、愕然としたそうだ。

「暁さんもそう？　ママになる私を女として見られなくて、キスもしたくない？」

「え？　あ。那智、この間は拒んだわけじゃ」

「嘘。逃げたじゃないですか。ただでさえ、私が妊娠前のあの底なし沼みたいな性欲は、どこで発散してるんだろう、って心配だったのに。まさか……外で私以外の人が……」

「えっ⁉　バカ、そんなわけないだろ。那智、話を……」

あらぬ疑いをかけられ、暁はギョッとして言葉を挟んだ。

しかし。

「わ、私たち、心が通じ合ってから、ちゃんと愛し合ってない……」

興奮して感極まった様子で、ポロポロと涙を流す彼女に、声を詰まらせる。

「私、魅力なくなっちゃった？　飽きられちゃった？　嫌、嫌だ。暁さん、私に飽きないで……」

「飽きるわけないだろ」

暁は涙混じりの声を遮って、彼女を抱き寄せた。

胸元から、ハッと息をのむ気配が伝わってくる。

「お前のこの髪……初めて出会った時からずっと、触れたいって思ってた」

顎を引いて彼女の頭に頬を預け、肩にかかる長い髪を指先で梳いた。

「髪に触れたら、次は頬。唇。背中、胸。那智は俺の欲情を際限なく煽るほど、魅力的だ」

髪から頬に手を移動させると、那智がピクッと肩を震わせて反応する。

「那智の言うように、俺たちはまだ本当の意味で愛し合えていない。だが次は、好きだ、愛してると言いながら、お前を抱ける。その日を待って待って待ち詫びすぎて……今俺は、抱き合ったりキスしたりするだけで、底なしの煩悩に苛まれるんだ」

今、まさにその煩悩を気取ったのか、那智が一瞬、腕の中で身体を強張らせた。

暁は小さい溜め息をついて、そっと抱擁を解く。

「……でも」

彼女がおずおずと顔を上げ、ためらいがちに呟いた。

「私、もう安定期だし。その……ちょっとくらいならしても大丈夫って、内海先生にも言われてます」

「お前……それ、先生に聞いたのか」

「……だって」

唇を尖らせて、拗ねた顔をする彼女に、暁は苦笑した。

「那智が求めてくれるのは嬉しいが……ちょっとくらい、で済ませられる自信がない」

「え？」

「言ったろ。抱きながら、想いをぶつけていいんだ。それに、お前に愛してるって返されたら……絶対、タガが外れる」

「！」

憚らない欲情が伝わったのか、那智が茹ったように顔を染めた。

「お前が想像できないほど、触れたいのも抱きたいのも忍耐で抑え込んでるんだよ。大事な身体に、無理させられないだろ」

自分でも持て余すほどの激しい劣情を晒した気恥ずかしさで、暁はわざと素っ気なく顔を背けた。

「……パーティーに間に合わなくなるな。支度する」

床に落ちたモーニングスーツを拾って彼女に背を向け、やや乱暴に上着を脱ぐ。

シャツのボタンを外す間も、那智が惑っているような気配を感じていた。

けれど。

「お手伝い、します」

彼女は後ろについて、肩からシャツを抜いてくれた。


パーティーは定刻通りに始まった。

立食形式で、歓談の時間が多く取られている。

暁は那智をエスコートしながら、義父と共に招待客への挨拶に回った。

式次第に沿って、開始から順調に進み、無事終盤を迎えた。

暁は司会者に促され、新院長としてスピーチをするために演壇に向かった。

演壇の端っこに、立派なグランドピアノが置かれている。

その横を通って中央のマイクの前に立ち、会場の右から左へと視線を動かした。

百人近い招待客が、彼に注目している。

最後に袖で待っている那智に目を走らせてから、暁はまっすぐ正面に向き直った。

「本日はお忙しい中お集まりいただき、誠にありがとうございます」

腰を直角に折って、深々と頭を下げる。

ゆっくり身体を起こすと、もう一度会場内をグルッと見渡した。

「赤城前院長の後を継ぎ、赤城総合病院の新院長に就任しました。臨床現場しか知らない若輩(じゃくはい)の私が、突然大病院の経営者になり、現場の職員の混乱を招いていることを、深くお詫び申し上げます」

会場の全員が、暁の真摯な思いを傾聴している。

その空気を感じて、彼はすーっと息を吸い……。

「関係者、並びにお力いただいている幹部の皆様。医療の第一線に立ち、たくさんの職員をリードしてくださる部長先生方。日頃の感謝と、今後も変わらぬご支援をお願いしたく、ささやかですが、妻とふたりで一曲演奏させていただければと思います」

広い会場のあちらこちらで、ざわめく声が聞こえた。

暁は構わず、袖にいる那智に視線を遣って登壇を促す。

彼女はこくんと頷くと、ヴァイオリンを持って中央に進んできた。

招待客の大半は、こんな余興があると聞かされていない。

暁が彼女と入れ替わりで袖のピアノに移動すると、小さなどよめきが起きた。

人前で演奏することに慣れている那智は、落ち着き払った表情で、彼がピアノの前の椅子に腰かけるのを目で追う。

暁が椅子に座り、ピアノの蓋を開けるのを見届け、まっすぐ前を向いた。

美しい角度で一礼して、優雅な仕草でヴァイオリンを構える。

彼女が弓を弦にのせるのを合図に、暁は鍵盤に指を走らせた。


三時間のパーティーを終え、暁と那智は会場の出入口に立ち、招待客一人ひとりと握手を交わして見送った。

その後、義父母と少し話をしたため、ふたりが部屋に戻ってきた時、すでに午後十一時近かった。

リビングルームに入ると、暁はソファの脇に荷物を置いて、上着を脱ぎ捨てた。

喉元の蝶ネクタイを外し、顎を反らして「ふう」と息を吐く。

「暁さん、お疲れ様でした」

やや頬を紅潮させた那智が、隣に進んできた。

ヴァイオリンケースを床に置き、はにかんだ笑みを浮かべる。

暁は脱力気味にソファに腰を下ろし、彼女を見上げて目を細めた。

「ありがとう。大盛況だったな。お前のおかげだ」

「暁さんのピアノのおかげです。実は私、一カ所ミスタッチして」

「知ってる。カバーするために、ペダルを長く踏んだ」

しれっと指摘する彼に、那智はわかりやすく頬を膨らませる。

「でも……皆さんに喜んでもらえましたよね」

すぐに満足気に柔らかく微笑む彼女に、暁は何度も頷いて応えた。

ソファに深く背を預けて喉を仰け反らせる彼と、その前に立って見下ろす彼女の視線が絡み合い――。

「……ごめんな、那智」

暁の方から、改まった謝罪を切り出した。

「マタニティブルーになるほど、不安な思いをさせた。那智が一番大事な時に、そばにいて向き合う時間が取れなかった、俺のせいだ」

自嘲して目尻を下げる彼の前で、彼女の瞳が戸惑いに揺れる。

「院長に就任したばかりの時、やっと本当の夫婦になれたんだから、今離れたくないって、実家に帰らずに俺のそばにいてくれたのに……寂しい思いをさせてすまなかった」

「……ほんとですよ」

詰るような小さな呟きも、真摯に受け止める。

しかし。

「だからって、不貞を疑われるとは……」

口元に手を遣ってボソッとぼやくと、那智が喉で音を鳴らして息をのんだ。

「それは！　……ごめんなさい」

頭から蒸気が噴きそうなほど顔を真っ赤にして、身を竦ませる。

「でも、両極端すぎるんですよ。暁さん……」

モゴモゴと言い淀む彼女を、暁はクスッと笑った。

「まあ、結婚当初は突っ走っていた自覚はある」

その頃の自分を思い浮かべると、苦い思いも胸をよぎる。

自然と顔をしかめて、腕組みをしてしまった。

「突っ走る?」

那智が瞬きを繰り返し、首を傾げる。

「そう。焦ってた」

暁は素直に認めて、天井を仰いだ。

「お前の心を、どうやって俺でいっぱいにするか。必死だったんだよ」

「…………」

那智は口を噤んで黙り込んだ。

今、互いに同じことを考えているのは、ふたりの間によぎった沈黙でわかる。

彼女が、わずかに目を伏せた。

そして、

「いっぱいにして、満足しないでください」

思い切った顔をして、一歩踏み出してくる。

「私にとってはこれからです。これからもっともっと、暁さんと……」

「ああ。……来い、那智」

感極まった様子で声を上擦らせる彼女に、暁は両腕を広げた。

那智は、一瞬虚を衝かれたように声をのみ――。

「暁、さん」

ほとんど全体重を預ける勢いで、抱きついてきた。

しかし、妊娠七カ月目の彼女のお腹に阻まれ、ぴったりと重なれない。

焦らされる思いで、暁は彼女の背に両腕を回し、強く抱きしめた。

「満足なもんか。全然足りない。……那智」

彼女の熱情に煽られ、下から顔を覗き込むようにして、唇を重ねる。

「んっ……」

わずかに怯む気配にも、浮かされる。

彼女の唇を貪るうちに、ずっと秘め続けた劣情が解放され、貪欲になっていく。

「那智、那智……」

名を呼ぶたびに、欲求が募る。

強引に奥まで暴いていくと、強く抱きしめた身体から力が抜けていくのが感じられた。

「ふあ……」

唇の隙間から零れる彼女の吐息に、ゾクゾクとした痺れが背筋を走る。

「っ、那智っ……」

際限なくのみ込まれていく感覚を振り切るように、暁は唇を離した。

気付くと、いつのまにか体勢が入れ替わり、那智はソファに仰向けに横たわっていた。

「は、っ……」

激しいキスで、呼吸もままならなかったのか、胸を喘がせて大きく息を吸う彼女に……。

「那智。……少しだけ」

暁は、身体の芯からせり上がってくる情欲に身を震わせながら、顔を伏せて声を絞り出した。

「……久しぶりに、お前に触れたい」

凶暴に暴れ狂う欲求を堪え、彼女の胸に顔を預け、声をくぐもらせる。

那智が大きく息を吸ったのは、胸が上下する感触で伝わってきた。

「はい……」

短い許可に、ゴクッと唾を飲む。

必死に理性を繋ぎ、彼女を抱き上げた。

「ひゃっ……」

「ベッドに行こう。その方が、お前にも負担が少ない」

努めて冷静を装う彼に従うかのように、那智が両腕を回してしがみついた。

リビングルームから寝室への短い距離ももどかしい。

キングサイズの立派なベッドに辿り着くと、暁は慎重に彼女を横たわらせた。

ベッドを軋ませて、自分も乗り上げると、

「暁さん」

那智が、両腕を伸ばして呼びかけてくる。

「っ……」

初めて、彼女から、強く求められた幸せ。

全身が戦慄くほどの幸福感にのまれる。

理性と欲望の狭間で葛藤しながら、暁はぶるっと頭を振った。

「那智、愛してる」

自然と、愛の言葉が口を突いて出る。

「暁さん、私も。私も愛してる」

同じ言葉を紡いでくれる唇を塞ぐのが惜しくて、暁は一瞬グッと堪えた。

しかし、心身を貫く喜びは抑えようがなく――。

「那智……」

初めて『愛してる』と想いを迸(ほとばし)らせて、触れ合うことができる幸せに、抗うことなく溺れていった。

END

あとがき

今作のヒーロー・暁は、恐らく他の誰も書いていない（であろう）麻酔科医です。

外科医や内科医が専門外でも診療・治療に当たれるのと違って、麻酔科医はその特殊性と専門性から、麻酔科以外の医師が代わりを務めることはできないそうです。

手術では外科医ばかりが目立ちますが、全身麻酔下で、この専門医師は必要不可欠な存在。でも慢性的な人手不足で、年収も研修医のアルバイト時給も破格だとか。

調べてみると、実は外科医以上？にハイスペックだったので、ヒーローの職業としてはもってこいでした。

ちょうど今作を書いていたタイミングで、私自身が手術を受けるために入院することになり、半分潜入捜査の気分で意気込み、手術に臨みました。

オペ室に入ると、ものの数分で、全身麻酔導入開始。

頭と点滴ルートを留置した側に立ち、声をかけてくれるのが麻酔科医なのはわかってました。少しでも長く意識を繋ぎ、麻酔科医の動きを記憶に留めようと、目蓋に力を込めてギンギンに目を見開き、何度か『大きく深呼吸してください』と言われるほど麻酔に堕ちるのを抗い……。

いつ目を閉じたのか覚えておらず、目が覚めた時には手術が終わってました……涙。

患者として密に関わった時間の記憶がないのもあり、麻酔科医……最後までヴェールに包まれた謎めいた?存在でした。潜入捜査失敗(笑)。

謎めいた、と言えば――。

今作、ヒロインの那智が他の男性に心を残したまま、暁に〝略奪〟されての結婚、そして元カレからの復縁要求……と、三角関係を軸にした、ベリーズ文庫ではわりとヘビーな展開。それもあって、私は勝手に『極上蜜夜』に続くダークベリーズ第二弾と位置付けている作品です。

実は、執筆中、『オペラ座の怪人っぽい?』と思いまして。

暁を書きながら、怪人の切ない恋心や激しい嫉妬心に同調したせいでしょうか。怪人ルートのハッピーエンドを書いたような気分です。怪人の想いを浄化できた気がして、個人的に満足です。

最後に、今作の書籍化にご尽力くださったすべての皆様に感謝申し上げます。

お手に取ってくださった読者様、ありがとうございました。

水守恵蓮（みずもりえれん）

水守恵蓮先生への
ファンレターのあて先

〒104-0031
東京都中央区京橋1-3-1
八重洲口大栄ビル7F
スターツ出版株式会社　書籍編集部　気付

水守恵蓮先生

本書へのご意見をお聞かせください

お買い上げいただき、ありがとうございます。
今後の編集の参考にさせていただきますので、
アンケートにお答えいただければ幸いです。

下記URLまたはQRコードから
アンケートページへお入りください。
https://www.berrys-cafe.jp/static/etc/bb

政略妻は冷徹ドクターの溺愛に囚われる
～不協和結婚～

2021年8月10日　初版第1刷発行

著　者　水守恵蓮
©Eren Mizumori 2021

発行人　菊地修一

デザイン　hive & co.,ltd.

校　正　株式会社鷗来堂

編集協力　妹尾香雪　森岡悠翔

編　集　井上舞

発行所　スターツ出版株式会社
〒104-0031
東京都中央区京橋1-3-1　八重洲口大栄ビル7F
TEL　出版マーケティンググループ　03-6202-0386
(ご注文等に関するお問い合わせ)
URL　https://starts-pub.jp/

印刷所　大日本印刷株式会社

Printed in Japan

乱丁・落丁などの不良品はお取替えいたします。
上記出版マーケティンググループまでお問い合わせください。
定価はカバーに記載されています。

ISBN 978-4-8137-1128-5　C0193

ベリーズ文庫 2021年8月発売

『政略妻は冷徹ドクターの溺愛に囚われる～不協和結婚～』　水守恵蓮・著

大病院の院長の娘・那智は恋人にフラれた直後、冷徹な天才ドクターの暁と政略結婚させられる。彼にとっては病院の跡取りの座が目的の愛のない結婚と思いこむも、初夜から熱く求められ戸惑う那智。「お前を捨てた男に縋ってないで俺によがれ」独占欲を剥き出しにした暁の濃密な愛に、那智は陥落寸前で…!?

ISBN978-4-8137-1128-5／定価737円（本体670円＋税10%）

『不本意な初夜でしたが、愛され懐妊妻になりました～エリート御曹司と育み婚～』　小春りん・著

ホテルで働く牡丹はリゾート会社の御曹司・灯と幼馴染。経営の傾く家業の支援を条件に、彼は強引に結婚を進め、形だけの夫婦生活がスタート。ひょんなことから、灯の嫉妬心が暴走。妻の務めだと抵抗する牡丹を無理やり抱く。すると翌月、妊娠が発覚。愛のない結婚だったはずが、極甘旦那様に豹変して…!?

ISBN978-4-8137-1129-2／定価704円（本体640円＋税10%）

『エリート脳外科医の溢れる愛妻渇望～独占欲全開で娶られました～』　鈴ゆり子・著

恋愛ベタな千菜は、父から突然お見合いをさせられる。相手は大病院の御曹司で敏腕外科医の貴利。しかし千菜は貴利が大の苦手だった。当然、貴利も断るだろうと思いきや「お前が俺のことを嫌いでも、俺はお前と結婚する」と無表情に告げられる。強引に始まった同居生活だが、貴利は思いのほか溺甘で…!?

ISBN978-4-8137-1130-8／定価715円（本体650円＋税10%）

『双子を身ごもったら、御曹司の独占溺愛が始まりました』　田崎くるみ・著

カフェで働いている星奈は優星と結婚を約束していたが、ある理由から彼の元を離れることを決意。イギリスに赴任した優星と連絡を絶つも、その後星奈の妊娠が発覚して…。1人で双子を産み育てていたが、数年越しに優星が目の前に現れて!?　空白の時間を埋めるような、独占欲全開の溺愛に抗えなくて…。

ISBN978-4-8137-1131-5／定価726円（本体660円＋税10%）

ベリーズ文庫 2021年9月発売予定

Now Printing

『誰も選ばないと決めた途端、溺愛モードに入りました』 坂野真夢（さかのまむ）・著

王女フィオナは敵国の王太子・オスニエルに嫁ぐも、不貞の濡れ衣を着せられ処刑されたり、毒を盛られたり…を繰り返し、ついに８度目の人生に突入。愛されることを諦め、侍女とペットのわんこと楽しく過ごそう！と意気込んでいたら…嫌われていたはずの王太子から溺愛アプローチが始まって…⁉

ISBN978-4-8137-1148-3／予価660円（本体600円＋税10%）

Now Printing

『獣人皇帝の忌み姫～結果、強面パパに愛され過ぎまして～』 朧月あき（おぼろづき）・著

前世の記憶を取り戻した王女ナタリア。実は不貞の子で獣人皇帝である父に忌み嫌われ、死亡フラグが立っているなんて、人生、詰んだ…TT　バッドエンドを回避するため、強面パパに可愛がられようと計画を練ると、想定外の溺愛が待っていて…⁉　ちょっと待って、パパ、それは少し過保護すぎませんか…汗

ISBN／978-4-8137-1134-6　予価660円（本体600円＋税10%）

タイトル、価格等は変更になることがございますのでご了承ください。